KB112799

그 웃음을 나도 좋아해

이기리 시집

민음의 시

279

민음사

그 웃음을 나도 좋아해

왜 인간은 두 눈으로 자신의 심장을 볼 수 없을까
왜 인간은 무릎이 등에 닿을 수 없을까
왜 인간은 눈물을 발바닥으로 흘릴 수 없을까

2020년 12월
이기리

차 례

1부 구름을 보면 비를 맞는 표정을 지었다

2부 이야기는 수많은 등장인물을 없애고

3부 부르지 않아도 태어나는 이름이 있었다

4부 우리가 더 아름답게 지워질 때까지

1부
구름을 보면
비를 맞는 표정을
지었다

가넷

― 탄생석

아이가 돌에 묻은 흙을 턴다
모래가 바람에 날린다
돌을 만지작거리다가
그것을
아빠에게 건넨다
아빠는 고개를 젓는다

돌을 놓친다
아이는 작은 무릎을 감싸며
몸을 동그랗게 만다
떨어뜨린 돌 주위에
모래 알갱이들이 사방에 퍼져 있다
깨진 돌 하나가 밀려오는 물을 받아
축축해진다

아이는 깨진 돌을
가만히 들여다보다가
그것을
다시 아빠에게 건넨다

손바닥에 놓인 돌이 반짝인다

이건 주는 게 아니란다
딱딱하고
깨졌고
더럽잖니
얼른 그것을
버려

아빠는 아이의 손을 내치고
해변을 빠져나간다

수평선 위에 노을이 걸터앉는다
해안선이 멀어지고
바다는 수많은 돌들을 바닥까지 끌어당긴다
깊은 곳에서 들리는 목소리

아이가 자꾸만 뒤를 돌아본다

여름 성경 학교

예배가 끝나면 친구들과 모여 성경 구절을 나누었다

그날은 한 구절도 준비하지 못해 모임에서 한마디도 하
지 않았다
그런 내게 이름도 모르는 친구가 사탕을 주며 웃어 주
었다

서로 사랑하라는 말을 한목소리로 읽던 날이었다

두 바퀴로 달리는 공원이 초록빛으로 가득했고
친구 뒤를 따라 페달을 밟으면
우린 어느새 원을 그리고 있었다

새 신발을 신고 뜨거운 태양 아래에서 손차양을 하며
초대받은 친구 집으로 가는 길에 피어오르는 아지랑이
가 풍경을 어지럽혔다

현관문을 열자
옆방에서 어떤 남자아이가 나와

내 입을 틀어막고 나를 소파에 강제로 눕혔다

분명 아무도 없다고 했는데

바지가 반쯤 벗겨졌을 때
친구가 다른 방에서 나왔다
구김이 많은 잿빛 티셔츠를 입고 있었다

집으로 거의 다 돌아와서 본 한쪽 신발 뒤꿈치가 꺾여
있었다
산책이나 하다 들어가야 한다고 생각했다

두 개의 얼굴

엄마가 부엌으로 불렀어요 의자에 앉았어요 팔꿈치 한 쪽을 식탁에 올리고 저를 봤어요 엄마가 입술에 뽀뽀를 해 달라고 말했어요 입술로 입술을 맞대었어요 엄마는 나머지 팔꿈치 한쪽을 식탁에 올리고 제 볼을 감쌌어요 제 입술을 벌리더니 혀를 집어넣었어요 입천장에 혓바닥을 붙였어요 엄마 입술은 제 입술을 악어처럼 삼켰어요 입술이 사라지고 이와 혀만 덜렁거렸어요 섞인 침과 침이 모여 식탁 모서리에 떨어졌어요 뾰족한 끝은 언제나 떨어지는 것들을 붙잡으려 하죠 엄마가 혀를 다시 넣고 가방을 챙겨 줬어요 부엌에서 심장을 손질하는 칼이 보였어요 찬송가를 따라 부르는 목소리가 들리고 도마를 든 팔을 굽힐 때,

애인이 가로등 아래에서 입을 맞춰 달라고 했다
나는 사랑을 고민하기 시작했다

어린이날

동생이 자고 있는 사이에 몰래
금발의 인형을 한 손으로 움켜쥐고
목을 부러뜨린 적이 있습니다

우는 동생 앞에서 무릎을 꿇고 두 손을 들고
방바닥을 데굴데굴 구르는 인형 머리를 보며
잘못을 빌었습니다

다신 그러지 않을게요
밥도 알아서 잘 챙겨 먹고 동생도 잘 돌볼게요

이제 다 컸으니까

다음 해 봄에 동생과 나는
꽃이 다 피기도 전에
새로운 집에 들어가게 되었습니다

소풍을 간다고 하면 아저씨가 특별히 싸 준 김밥을
아껴 먹다가 못된 아이들에게 다 뺏기기도 했었지만

발등을 내어 주는 날에는 조심스럽게
나의 발바닥을 포갰고
춤을 추면서
당신은 말했습니다

같이 살게 될 거야
변함없는 사랑이 이어질 테고
주말에 나들이도 가고 여행도 많이 다니자

과자를 나눠 먹으며 각자 받고 싶은 선물에 대해 말했고
동생이란 영원히 자라지 않는 아이라는 점에서
이번에는 나도 꼭 받고 싶었습니다

대문을 여는 아저씨가 당신과 함께 들어왔습니다
동생과 나는 등을 돌린 채 예쁜 포장지를 뜯었습니다

우리가 인형을 좋아하는 취향만큼은 닮았으므로
한 방울의 피도 섞이지 않았다거나

성이 다르다는 것쯤은

이유가 되지 못합니다
다시 모두가 잠든 사이에

두 인형의 얼굴을 바꿔 끼우고
혹시 몰라 여분의 팔과 다리도 가져왔습니다

앞으로는 이러지 않을게요

손바닥에 나의 아름다운 인형을 올려 두고
꿈도 안 꾸고 잘 잤습니다
목이 돌아간 줄도 모르고

번안곡

빈방은 파동
닫으면
더 정확한 울음을 들을 수 있다

천장을 바라본다
어디선가 변기 물을 내리고 그릇을 깨고 벽을 친다

물을 머금고 웅얼거리는 듯한 대화가 거뭇한 방을 맴돌고
이따금 고함과 비명이 두 귀를 잡아당긴다

위에서 들리는 건지 아래에서 들리는 건지 헷갈려서
문고리를 돌리다 말고 바닥에 주저앉는다

녹슨 경첩을 보고 있으면
저녁이 창문을 찢고 들어온다

벽지는 갈라지는 방식으로 숨겨진 틈을 찾는다
침대와 벽 사이에 끼어 있는 왼팔

누워 있는 것조차 버거울 때

안의 소리가 밖으로 빠져나가는 동안
먼저 밖으로 빠져나간 소리가
다른 안으로 들어가고 있다

연약한 방들이 많고
가까울수록 파장은 커진다

밤새 닫아 두었던 문을 열고
밖에 나오니
흰빛에 가까운 뒷모습들이 들썩이고 있다

올해 마지막 태풍

문방구에서 나오면
자동으로 돌아가는 물레방아와 텅 빈 절구를 찧는 공이
를 한참 바라본다

베개를 잡고 두 귀를 막아도
창밖에서 넘어오는 엄마 비명이 베개 안쪽까지 비집고
들어온다

안방 침대는 소리로부터 조금 더 멀리 떨어질 수 있고
언제나 새벽마다 비어 있으므로 잠이 잘 오지 않는 날
엔 문턱을 넘고
키우고 있는 꽃을 매만지며 미래의 장면을 떠올린다

송출을 종료한 텔레비전 불빛이 오래된 장롱을 비춘다
안에 들어 있는 상자를 여니
구겨진 공책이 제멋대로 펴져 있다

어두컴컴한 부엌에서 누군가 물을 벌컥벌컥 마신 후
다시 밖으로 나가려는 모습에 방에서 나왔는데

꽤 오랫동안 켜져 있는 현관 불
그 아래 때가 탄 신발들

화분에 붙일 알록달록한 스티커를 몇 장 사고
오락기 앞에서 나누는 아이들의 대화를 엿듣는다
오늘은 돌아가지 않는 물레방아와 버려진 공이

줄기에 힘이 없어 넘치도록 물을 주다가 컵을 놓친다
아무도 없어서 깨진 소리를 들은 사람은 나 하나뿐이다

창문이 강한 바람에 흔들리고 있다
장대비를 맞아 축축해진 발소리가 대문 너머에서 들린다

불 꺼진 현관에 서 있는 검은 실루엣이 나를 노려보고
있지만
신발을 신지 않았고
안으로 들어오지도 않는다

명당을 찾아라

학교에서 배가 살살 아프면 곤란해집니다
친구들 눈을 피해 재빠르게 화장실로 달려가야 하거든요

하지만 짝꿍은 이미 눈치를 채서 반 아이들에게 소리치네요
야, 쟤 똥 싸러 간다!
우르르 몰려와요 아 따라오지 마 좀 제발

수업 도중에 손을 들고 나갔다 돌아오면 놀림감이 되어 있어요
옷에서 구린 냄새가 난대요
가까이 오지 말래요
열나서 양호실 갔다 온 건데

문이 잘 잠겼는지 몇 번이나 확인하고 앉아 있어요
밖에서 낄낄거리는 소리
양동이에 물이 채워지는 소리

나는 변기 위에 쪼그려 앉아 있을 뿐인데요

누가 위에서 폭포 같은 물 한 바가지를 뿌리고 도망갑
니다
머리칼이 힘없이 축 늘어져 속눈썹에 들러붙어 있어요

교직원 화장실이라면 어떨까?
몰래 들어와 숨어 있는데
담임 선생님 뒤이어 들어와 바지 내리고 쫄쫄쫄 오줌 싸
는 소리
그래 봐야 애새끼들이니 걱정 말라고 통화하는 소리

명당을 찾아야 해요
그 누구의 발길도 닿지 않는 곳으로
그런 곳이 있는 줄도 몰라서
가뿐히 소외될 수 있는 곳으로

다른 곳을 찾아보자
모두 체육복으로 갈아입고 나갔을 때 나가지 않고
일층 복도 끝으로 가면 왼쪽으로 꺾을 수 있는데

바로 거기에 처음 보는 창고가 있었어요

청소도 제대로 안 하는지 바닥엔 검은 땟국물이 흘렀고
방충망은 찢어져 있고 천장에는 거미줄들이 득실거렸
지만
그래, 여기라면 괜찮아 어쩌면 아예 처음부터 없었던 것
처럼

지낼 수 있어

등에 거대한 나방이 앉습니다
무서워 움직이지 못하는 건 아닙니다

부디 나한테 관심을 그만 가져
여기까지 오려고
얼마나 많은 눈들을 피해 왔는지

아 따라오지 마 좀
제발

구겨진 교실

소꿉 장난감을 버리지 않았다

플라스틱 통 안에
플라스틱 냄비와 플라스틱 수저와 플라스틱 칼과 플라
스틱 도마와 플라스틱 팬과 플라스틱 버너
꺼내다 보면

가장 안전한 부엌에서 요리하는 기쁨

자기소개를 하는 시간
선생님은 이름이 특이하다고
다른 애들보다 오 분을 더 교탁 앞에 서 있게 했다

힘이 약한 짝꿍이 의자를 책상 위에 올리지 못해
대신 올려 주면 순식간에 떠들썩해지면서
걔랑 사귀려면 흰옷을 조심하라는 소릴 들었다

가방 안에 들어 있던 물건이 사라져서
온갖 서랍과 사물함을 뒤졌다

뒷자리에선 또래보다 작고 마른 나의 몸을 호시탐탐 노
리는 것 같았다

복도를 걷다가 다리를 걸어차였다
개자식아 너 때문에 응?
말올 더 이어 가진 않았고

내 어깨를 두드리더니
재밌는 놀이를 알려 주겠다며 일어나 보라고 했다
앞에 보고 있어 봐
따라 일어난 친구는 손을 포클레인처럼 구부리고
사타구니 쪽에 팔을 쑥 집어넣고 나를 들어올렸다

반 아이들의 시선이 허공에 뜬 내 몸을 향해 쏠렸다
어느새 교실 문 너머 몰린 무리들이 입을 가리고 키득거
리고 있었다
보이지 않는 입꼬리들이 나를 천장까지 잡아당기는 기분
어때? 재밌지? 재밌지?

애는 지금까지 이걸 찾고 있었던 거라며
실내화 주머니에서 플라스틱 칼을 꺼내 바닥에 내던졌다

제가 만약 반장이 된다면 우리 반을 구기대회 일등으로
만들겠습니다
박수와 웃음 사이에서
아무리 허벅지를 그어도 생기지 않는
칼자국들

새로 바뀐 짝꿍은
책상 가운데에 선을 그었다

나는 비로소 중학교에 입학했다

코러스

너는 점심시간만 되면 식당에 가는 대신
빈 교실에 남아 도시락을 먹었고 나처럼
매일같이 도서관에 조용히 앉아 있다가 갔다

그리고 너는 내가 걸어 둔 외투에
항상 자신의 외투를 겹쳐 걸어 두었다

책을 읽다가 문득 고개를 들면
너는 엽서만 한 수첩에 무엇인가를 적고 있었다

창밖에서 들려오는 웃음소리들이
책장을 넘기는 사이사이에 눈송이처럼 떨어져 녹아내리
기도 했다

그럴 때면 읽던 책을 잠시 시옷자로 덮어 두고
옷을 챙기고 나가 운동장 주변을 좀 걷다 들어올까 싶다
가도

나의 외투를 뒤에서 끌어안고 있는 너의 외투를 바라보

고 나면
  그 자리에서 책을 단숨에 다 읽었다

  전화를 받으려고 황급히 나가는 네 뒷모습을 하염없이
쳐다보고
  두고 간 수첩을 집어 들었다가
  가만히 내려놓았다

  수선스러웠던 복도에 찾아온 고요 속에서 너는
  차가운 벽에 기대 앉아 두 무릎을 감싸고 얼굴을 푹 숙
이고 있었다

  운동장을 가로지르는 동안 눈발은 점점 거세졌고
  마음이 무거워지면 발소리도 따라 낮게 들렸다

  나의 외투가 외롭게 걸려 있는 날이 많아질수록
  겨울방학은 가까워지고 있었다

  감고 있던 파란 목도리를 벗어

네가 늘 앉던 자리에 올려 두었다

모르는 목소리를 따뜻하게 해 줄 수 있을까

주머니에
쪽지 하나가 들어 있었다

거기서 만나

거기로 모여
그러면 우리는 모두 거기에서 만났다

거기는 아파트와 아파트 사이를 잇는 좁은 길 중간 지점
그 끝엔 나무를 둘러싼 긴 벤치와 울타리와 작은 벽 하
나가 있었다

그래서 거기는
사람들이 자신의 집으로 돌아갈 때
다만 지나가는 곳이었다

돌아보지 않는 곳이었다

탱탱볼을 차면 바라보게 되는 높이
갑자기 달리는 친구를 따라 달려가는 것

작년엔 슬픈 일이 너무 많았다

추운 저녁에

아무도 없는 거기를 혼자 간 날
바람이 다 빠진 공이 버려져 있었다

찢어진 겉면을 문지르다가
구석으로 던졌다
공을 다시 찾으러 오는 사람은 없을 것이다

우리는 모두 거기에서 만나는 것을 좋아했다

거기는 우리만의 장소였지만
아무 이름으로도 불리지 않는 곳이었다

여전히 거기를 지나 집으로 가는 많은 사람들

많이 자란 나무
많이 자란 가지들
칼에 베인 의자를 품는

그날 푸른 저녁의 공처럼

아무렇게나 굴러다니다가 찢어진
희박한 추억

우리는 거기에 있었지만

그 웃음을 나도 좋아해

마침내 친구 뒤통수를 샤프로 찍었다

어느 날 친구는 내 손목을 잡더니
내가 네 손가락 하나 못 자를 것 같아?
커터 칼을 검지 마디에 대고 책상에 바짝 붙였다

친구는 나의 손가락을 자르지 못했다
검지에는 칼을 댄 자국이 붉게 남았다

내 불알을 잡고 흔들며 웃는 아이들의 모습이 유리문에
비쳤다

엎드려 자고 있을 때
뒤로 다가가 포옹을 하는 뒷모습으로
옷깃을 풀고 가슴속으로 뜨거운 우유를 부었다

칠판에 떠든 친구들을 적었다
너, 너, 너
야유가 쏟아졌다

지우개에 맞았다

불 꺼진 화장실에서 오줌을 쌀 때마다 어둠 속에서 어
떤 손아귀가 커졌고
천장을 뚫고 들어오는 수십 개의 검지가 이마를 툭툭

종례 시간이 끝나도
다행히 아무 일도 일어나지 않았다

선생님이 나를 끌어안았다
선생님에게 장래 희망을 말했다

저녁을 먹고 혼자 시소를 타면
하늘이 금세 붉어졌고
발끝에서 회전을 멈춘 낡은 공 하나를
두 손바닥으로 조심스럽게 들어 올렸다

진흙이 지구처럼 묻은
검은 모서리를 가진

낮과 밤의 길이가 같아진다는 건
세상으로부터 주파수가 맞춰지는 느낌
이제 다른 행성의 노래를 들어도 될까

정말 끝날 것 같은 여름

구름을 보면
비를 맞는 표정을 지었다

싱크로율

빨래 건조대에 걸려 있는, 허공에서
뒤집어진 무덤처럼 나란히 흔들리고 있는
갈색 브래지어를 옷 속에 숨기고 화장실로 가져온다

까치집인 머리를 털고 옷을 홀딱 벗은 채
거울을 바라보며 후크를 잠근다
평평한 가슴을 지나 허리까지 내려오지만
끈 조절은 할 줄 몰라 두 손을 포개고

고무 동력기보다 글라이더를 만드는 게 더 좋았다
바람에만 의지할 수 있어서
가장 오래 날 수 있는 비행기의 비밀이 궁금해

쉬는 시간엔 뒤에서 말뚝박기를 하는 대신
바닥에 쪼그려 앉아 공기놀이를 하고 있으면
누가 옷깃을 잡아당기고
서 있는 다리 사이에 머리를 집어넣는다

모양도 크기도 제각각인 돌들을 주워 와도 탑을 쌓을

수 있다
　꼭대기에 가장 작은 돌을 올리고 소원을 빈다

　손을 잡고 싶었을 뿐인데 우린 같은 성별이라고 한다
　더 다가가면 예고된 절교가 기다리고 있다

　정글짐에서 아이들은 단 한 번도 마주치지 않는다
　철봉에 거꾸로 매달려 보는 세상은
　시계탑도 버려진 낡은 운동화도 떨어지지 않으려고 안간
힘을 쓴다

　선풍기만 보면 왜 강풍으로 틀고 싶을까
　그 앞에 앉아 왜 입을 벌려 목소리를 내고 싶을까

　숨겨야 할 표정이 생길 때마다
　서랍을 열면
　이미 숨겨 두었던 정체들과 마주치게 된다

　아직 변성기도 오지 않았어

겨드랑이는 털 하나 없이 매끈하지

물웅덩이에 비친 얼굴이
다른 얼굴들과 마구잡이로 뒤섞인다

정물화를 그리는 동안

너는 미술 시간만 되면 항상 내 뒷자리에 앉는다 내가 책상에 놓여 있는 사과와 화병을 그리고 있으면 네 손끝이 내 굽은 등에 닿고 나도 모르게 허리를 편다 오늘은 데생을 끝내고 화단에 심은 씨앗을 보러 가야 하는데

너는 뻗은 손가락으로 등에 나의 이름을 적는다 나는 뒤돌아보지 않고 부러진 연필을 깎으며 네가 적은 나의 이름을 말한다 작게 웃는 너는 이번에 너의 이름을 적는다 나는 더 작게 너의 이름을 말하며 사과 꼭지와 화병의 그림자를 그린다 스스로 움직이지 못하는 것을 그리는 시간에

다 그린 그림은 이제 색깔을 기다린다 완성되기를 누군가에게 아름답다는 말을 듣기를 바라고 있다 너는 도구를 정리하는 나를 부른다 그대로 가만히 있으라고 한다 등에 무언가를 빠르게 적는다 나는 뭐라 적었는지 모르겠다고 말한다 너는 아까보다 더 빠르게 적는다

네가 적은 말을 알고 싶어서 뒤를 돌아보려고 몸을 틀 때 너는 말한다 내가 여기서 나갈 때까지 움직이지 말라고

기척이 다 사라지기 전까지 서 있으라고

　화단 앞에서 물을 뿌리며 놀고 있는 아이들 사이를 지
나간다 나는 무슨 씨앗인지도 모르고 심었는데 내가 어디
에 심었는지는 기억한다 손가락 한 마디만큼 줄기가 자라
있다 나는 이것을 예쁘게 키울 것이고 다 자라고 나면 이
것이 무엇이었는지 알 수 있을 것이다 네가 듣고 싶은 말을
내가 할 수 있을 때까지

계절감

코듀로이에서 리넨으로. 소매를 펴는 것에서 소매를 걷는 것으로. 신발을 구기는 것에서 신발을 벗는 것으로. 한겨울에 단 한 번도 입지 않은 외투에서 한여름에도 챙길 수 있는 외투로. 의자를 미는 것에서 의자를 쌓는 것으로.

비록 새롭게. 나는. 지난날.

샌드위치와 초코우유를 먹는 아침에서 닭갈비에 맥주를 마시는 저녁으로. 전화를 걸지 못한 저녁에서 집 앞을 서성이는 아침으로. 조깅을 하는 천변에서 늙은 와인을 마시는 스탠드바로. 바뀌고. 어쩌면.

가방에서 눈동자로. 흰머리에서 벽난로로. 시계에서 포옹으로. 반지에서 골목으로. 담배에서 침대로. 불꽃에서 익사로. 고속도로에서 숲으로. 커피에서 키스로. 빛에서 요람으로. 배신자의 칼날에서 천사의 심장으로.

어쩌면. 그렇다면.

바뀌고.

2부
이야기는 수많은
등장인물을
없애고

방생

가방 속으로 들어온 작고 여린 그것이 나방이었는지 술에 취한 천사였는지 폭우를 맞으며 흐느끼던 얼굴이었는지 순간 머리가 핑 돌았지만 계속 둘 수는 없었다 갈색 날개를 펴고 가만히 멈춰 있던 그것의 한쪽 날개를 집었다 그것이 환한 조명에 비춰지자 반대편 날개를 빠른 속도로 퍼덕였다 그러자 몸이 같이 떨렸고 이내 경련을 하기 시작했다

당신이 파르르 떨던 뺨과 눈동자도 그랬다 당신의 단말마는 나를 만난 것 한 번 더 날고 싶었던 것 단 한 번만이라도 더 보고 죽고 싶었던 것 공중이 최후의 바닥이었을 때 눈을 뜨고 걸어도 발자국은 보이지 않는 것

창을 열고 날개를 놓자 거리에서 경적 소리가 크고 길게 들렸다 조금만 더 힘을 주었으면 분질러졌을 날개의 느낌이 손끝에 한동안 남아 있었다 이른 아침 찾아온 그것이 한순간이었는지 불행이었는지 멍든 팔목이었는지 내게서 되도록 멀리 갔으면 했다 벽시계의 초침이 단 일 초도 못 넘기고 떨고만 있었다

유리온실

이야기는 수많은 등장인물을 없애고 나 혼자 숲에 남겼다

콧등을 스친 낙엽을 주웠다 완전하게 다 떨어진 낙엽은 이제 아무것도 아니었다 더 이상 부를 이름이 없었다 그것을 세게 쥐었다 파사삭거리는 소리를 듣자 발바닥이 간지러웠다

계속 걸었다 연꽃 위에 나비 한 마리가 앉아 있었다 손바닥을 내밀자 연꽃이 흔들렸다 한순간에 나비가 사라졌고 주변을 둘러보다가 손바닥을 보았다 흰 가루가 바람에 날아가고 있었다

나무들이 비현실적으로 움직이지 않았다 정지된 화면처럼 다시 재생되기를 기다리고 있는 것 같았다 나뭇가지들은 깨진 하늘에 생긴 실금처럼 보였다 어떤 나무는 나보다 작았다 잘려 나간 몸은 찾을 수 없었다

숲이 더 많아졌으면 좋겠다고 생각했다 같은 곳만 맴돌

고 있는 것 같아서 인물이 더 있었더라면 각각 하나의 숲을 나눠 가지고 각자 좋아하는 나무를 하나씩 끌어안자고 했을 것이다

하지만 내가 할 수 있는 일은 오직 단 하나의 숲을 걷거나 이 이야기의 끝을 생각해 보는 것뿐이었다

자전거도 없고 종종 죽은 뱀을 보기 일쑤였다 나는 이 이야기가 도무지 마음에 들지 않아 발길이 닿는 곳마다 숲에 있는 식물들을 모두 꺾어 버렸다

뒤를 돌아보니 누군가 연못에 빠져 가라앉고 있었다 나는 연못을 향해 달려가다가 어떤 벽에 부딪혀 넘어졌다

꺾인 식물들이 처음부터 다시 자라기 시작했다

러브 게임*

아무도 없는 테니스장을 몰래 훔쳐본다 철망은 일정한
모양과 규격으로 짜여 있다 손가락을 끼워 넣으면 분리된
신체처럼 낯설다 테니스장 안에 있는 손가락이 허공에 떠
있다

잠겨 있는 은색 자물쇠의 표면은 광택을 잃고 녹이 슬
었다 햇빛이 반사되어 자물쇠의 그림자가 손목에 새겨진다
하지만 내겐 열쇠가 없는데

안에서 네트가 멍청하게 흔들린다 삐걱거리는 소리를
내는 뼈대가 고요에 균열을 내며 균형을 맞춘다 네트의 그
물망은 절반쯤 찢어졌고

오래전부터 누구도 꺼내 주지 않아 구정물을 머금고 가
라앉은 먼지와 함께 썩어 가는 공이 배수구에 처박혀 있다
천 년쯤 지나야 영영 사라지겠지

나는 문 앞에 엉거주춤 서 있고

라켓을 쥐는 법부터 배운,

무릎까지 끌어올린 양말이 발목으로 다 내려가면 땀에
젖은 반팔 티셔츠가 구겨진 무늬를 우레탄 바닥에 감추
던 곳

날들은 종종 담장 밖으로 넘어가 지나가던 자동차 바퀴
에 밟혀 찌그러졌다 축조된 그늘 속에서만 안전해지는 보폭

으깨진 거리

야간 조명이 하나둘씩 켜진다
누가 있기라도 한 것처럼

* 러브는 테니스에서 영(零, zero)이란 뜻.

?

　아일랜드의 한 유학생이 서점에서 우연히 조이스의 책을 발견하여 그것을 구입했다 중간고사 공부는 뒷전으로 하고 기숙사에서 하루 종일 그 책만 읽다 세상에 환멸을 느낀 그는 졸업을 포기하고 집으로 돌아가기로 결정했다 *너 정말 이럴 거야?* 그는 눈물이 나기 전에 재빨리 영상 통화를 끊었다 다니던 교회 집사님을 찾아갔다 *지쳤어요 어딘가 망가졌고요 가장 넓은 바깥으로 도망칠 거예요* 페달을 밟고 있는 집사의 발끝 건반 소리가 끊어질 듯 끊어지지 않고 *오오, 아무렴 네 뜻대로 해* 그가 문을 열고 나가려고 할 때 다시 안에 울려 퍼지는 찬송가 사분의 사 박자로 스테인드글라스에 부딪히는 목소리들 무릎을 꿇은 음표들 그가 귀를 막으며 뛰쳐나왔다 키스하던 연인이 키스를 멈추고 흔들리던 나무가 흔들림을 멈추고 숨을 헐떡였다 목이 가려웠다 입술이 두려웠다 귀국을 한 뒤 어느 밤, 후미진 골목을 걸어가던 어떤 할아버지를 뒤따라가 뒤통수를 책으로 후려갈겼다 그는 이렇게 진술했다 *나와 아무 상관 없이 나보다 먼저 늙어 가는 사람을 보고 화가 났습니다 마침 둔기로 쓰기에 알맞더군요 내 생에 그렇게 무식하게 두꺼운 책은 처음 봤기 때문입니다 저는 돌아가야 합니다 하얀*

벽에 외롭게 못이 하나 박혀 있거든요 미리 봐 둔 그림을 어서 걸고 싶거든요

*

조이스는 해프닝에 불과하지만 일말의 죄책감을 가진다
조이스는 조이스의 도플갱어다
조이스는 똥꼬가 자주 헌다
매일 아침 피똥 싸는 걱정만 할 뿐
예술에는 관심이 없다
조이스는 고용 보험도 들지 못했다
조이스는 망상을 좋아하지만 편집증 환자는 아니다
조이스의 넋이 나간다
조이스는 구급차를 탄다
조이스는 자는 모습이 귀엽다

*

리피강 주변을 걷는다

불빛이 물빛이 되어 흘러간다
담배 한 대를 물고
젖은 거리에 서 있는 모습이 어렴풋하게 비친다
헛것이다
가상 인물이다 그러므로
살아 있을 확률이 아예 없는 것은 아니다

성실한 굴레

놈에게는 꼬리가 없지만 튼튼한 네 다리가 있다 두 발로 걸을 줄도 알지만 놈은 그렇게 하지 않는다 놈은 원래 황무지를 하염없이 걷고 있었는데 여행 중이던 리처드와 우연히 마주친 이후 그의 집에서 함께 살게 되었다

놈은 갓 구운 빵과 따뜻한 우유를 먹는 아침을 좋아한다 맛있는 음식을 먹고 안락한 보금자리에서 쉴 수 있다는 사실이 놈을 안전한 세계로 데려다주기 때문이다

리처드가 출근을 하면 놈은 마당으로 나가 잡풀들을 뽑는다 나무에 붙어 있는 거머리를 죽이고 돌덩이를 울타리 쪽으로 옮긴다 리처드는 놈에게 아무것도 바라지 않았지만 놈은 그런 그에게 작은 도움이라도 되고 싶었으므로 예쁜 마당을 조성하는 일이 놈의 가장 큰 기쁨이었다

저녁 하늘이 보랏빛으로 물들 즈음이면 리처드는 묵직한 서류 가방을 흔들며 돌아온다 놈은 거리로 나와 리처드를 반긴다 리처드는 놈의 넓적한 코를 만지고 길게 뻗은 등을 쓰다듬어 준다 이럴 때는 놈에게도 꼬리가 있었다면

좋았을 것이다

리처드의 책상은 깊은 어둠 속에서도 환히 빛난다 그는 무언가 연구를 한다 리처드에게는 엄지손톱을 물어뜯는 습관이 있다 불안하거나 하는 일이 잘 되지 않으면 그런 행동을 한다

놈은 글을 읽을 줄 모르고 말도 못하지만 자신만의 언어로 리처드와 소통하려고 노력한다 가령 리처드의 발바닥에 잡힌 물집을 핥아 주거나 리처드가 고열을 앓을 때 옆에서 기댈 수 있게 부드러운 자리가 되어 주는 모습이 그렇다

들쥐가 놈의 귀를 깨문다 놈이 일어나지 않는다

돌아온 리처드가 쓰러진 놈을 발견하자 가방을 던지고 급히 방으로 들어간다 서랍에서 노트를 꺼내고 마지막 문장을 적는다 *더 이상의 유전자 변형은 발생하지 않았다 다만 공격하지 않으면 공격하지 않을 뿐이다*

리처드가 벌어진 손톱을 휴지로 감싼다

우리 집에는 식물이 없다

시간을 그만하고 싶을 때
잘 구운 토스트를 한 입 베어 물고 액자를 걸자

간직하고 싶은 풍경엔 파슬리를 뿌리고

이 그림은 참 신기해 드레스에 당근이 있고 옷장 속 촛
불이 종이비행기를 태우는 중이고 오두막 같은 송이버섯에
살고 있는 뱀 한 마리도

유리에 착 달라붙은 죽은 모기를 휴지로 감싸 버렸어
좋을 거야 누가 치워 준다는 거

정확하고 싶어
물에 빠진 사진을 꺼내 다시 벽에 붙이고 싶어
이곳이 재밌지 않니? 그러니까

죽지 않으면 안 돼?

죽지 않아 주면

야호

나랑 더 놀아 줄 수 있으니까

우리 집에 놀러온 너는
따뜻한 거실에 있다

너희 집 베란다는 정말 밝다

그림을 그만 보고
싹이 돋은 흙에 물줄기를 고르게 뿌려 주고 있는데

근데 너희 집엔 왜 식물이 하나도 없니

그렇게 말하는 너 때문에

금이 가 있는 화분을 들고 생각해 본다
그러게, 우리 집에는 왜

자양분을 가지고 햇빛을 받고 마음을 먹고 자라나는
것이

단 하나도 없을까

네가 우리 집에 있어서 좋다
그래서 시간을 계속하고 싶다

너는 언제 또 올 수 있니

염소가 사는 좌표평면의 세계

두 개의 축을 그리는 것으로 염소는 태어난다.

*

이곳을 원점이라 하고 위치로는 (0, 0)이다.
이제 태어났으니 울어라. 그리고
움직여라.

*

엄마는 떠났지. 날씨가 좋다. 언덕에 있는 풍차가 돌아가는 모습을 바라본다. 꼬리를 흔든다. 친구들아. 저 언덕 너머에 어떤 마을이 있을까. 우리를 기다릴까. 맨드라미가 반겨 줄까. 떡갈나무 아래에서 잠시 꿈을 내려놓아도 좋을 것 같다. 꿈이 뭔데. 음, 축을 뒤흔드는 거.

그래서
우리가 마음대로 목초지를 뛰어다니는 거.

*

가자. 왠지 바다도 있을 것 같아.
천천히 수평선을 향해 걷는 거야.
해가 다 넘어가고 어둠이 드리워져 앞이 깜깜해져도
하얀 털들이 젖어 물속에서 나풀거려도
끝까지 이 세계의 끝을 향해

풍차가 멈춘다.

*

앞장선 친구가 마을을 향해 걸을 때마다 털이 몇 움큼씩 빠진다.
주변에 있던 친구 염소들이 당황한다.
가지 말까? 위험해 보여…….
발걸음이 느려진 아기 염소들은 뒤에서 친구 염소를 본다.

간다, 갈 수 있을 때까지.

가다가, 가다가, 멈춘다.

왜 그래.

친구가 쓰러진다.

털이 다 뽑히고 뼈까지 앙상해진 모습으로.

마을의 불빛이 조금 보였다.

*

네 방향의 목초지. 염소들은 자신에게 내려온 축을 기준으로 평생 목초지를 떠돈다. 목초지에 바람이 분다. 풀이 휜다. 휘어지는 것들의 곡률이 저마다 다르다. 언덕의 곡률. 창문의 곡률. 흰 커튼에 새겨지는 빛깔의 기울기. 휘어지고 휘어지다가 부러지고 마는 나뭇가지. 이 모든 휘어짐을 위에서 내려다보면. 평면은 아름답구나. 신은 그랬다.

메에에

메에에

엄마를 발견하자 헛간에서 들개들이 몰려온다. 아기 염소는 도망칠 수 있다. 하지만 죽은 엄마는 더 이상 어디로도 이동할 수 없다. 우리가 삶의 마지막에 다다를 때 놓이게 되는 위치, 죽음의 위치가 고정된다. 사랑해, 그런 말을 죽은 귀에 대고 말해야 할 때. 죽은 엄마에게 수선의 발이 내려진다. 들개들이 가까워진다. 이대로 엄마 곁을 지킨다면 들개들은 아기 염소의 살을 뜯고, 울타리를 넘어, 새로운 목초지를 향해 갈 것이다. 아기 염소가 몸을 부르르 떤다. 아기 염소는 죽은 엄마를 드넓은 곳에 둔 채 달리기 시작한다. 원점을 뿔로 들이받고 뒷다리를 절뚝거리며.

*

바다. 눈부시도록 맑고 넓구나. 정말 끝까지 가고 싶어.

축 늘어지는 몸
이 세계의 끝

풍차가 다시 돌아간다.
언덕과 목초지의 시간이 조금 더 휘고

그리워서

앞으로는 더 예쁜 표정만 가지게 될 거야.

*

　제사 목초지에 도착한 아기 염소는 푸른 하늘에 뭉게뭉
게 떠 있는 새하얀 구름을 보며 수선의 발을 내린다.

호수의 아침

낮이 훌쩍 지났다 옷장에는 네가 걸어 둔 검정 코트가 어둠 속에서 자연스럽게 모습을 감추었고 나는 발코니 앞으로 갔다 난간에 팔을 올리고 한쪽 다리를 뒤로 쭉 뻗은 너의 뒤에서 한참 서 있었다

너는 발코니 문을 열면 아래로 넓은 호수가 보여서 마음에 든다고 했다

곧 있으면 산책로의 불들도 다 꺼지고, 그러면 너무 늦으니까 늦기 전에 우리 산책하고 오자 그러자 너는 내게 늦은 밤에 나가고 싶다고, 아무것도 보이지 않는 길을 걷고 싶다고 했다

밖에 나오니 찬바람이 코끝을 베고 가는 느낌이었고 우리가 걷는 길엔 정말 많은 것들이 보이지 않았다 바로 옆에 있는 너도 밤의 무늬처럼 아른거렸다 밤하늘 아래 산등성이만이 뚜렷한 형태를 가졌으며 가끔씩 검불이 버석이는 소리가 우리의 간격을 넓히기도 했다

아침에 내려다봤던 호수가 참 예뻤는데 여기 근처에 있는 것 같다고 네가 말했다 서로 흩어질 일 없이 꼭 껴안고 추운 밤을 보내고 있을 물의 웅크림이 느껴져 너는 내 손을 놓고 보이지도 않는 길의 어둠을 헤집으며 호수가 느껴지는 곳을 향해 걸어갔다

나는 더욱 굵어진 능선을 손끝으로 따라 그려 보면서 너를 기다렸다 다 그린 후엔 처음부터 다시 그렸고, 다 그리면, 다시 처음부터……

씻은 몸에서 물이 뚝뚝 떨어지는 채로 화장대에 앉았다 거울을 보다가 식탁을 닦고 빈 그릇들을 차곡차곡 포개고 우리가 좋아하는 노래를 틀었다 문을 열고 난간에 기대 호수를 바라봤다 호수에는 거꾸로 자란 나무들이 물속으로 머리를 들이밀고 있었다

호수 한가운데에 분수처럼 뿜어져 나오는 물줄기가 호수의 흐름을 일정 속도로 유지하고 있었다 나는 나의 물건들을 하나둘 챙겨 캐리어에 가지런히 담았다

긴긴

책에 쓰인 한 문장을 차마 다 읽지 못하고
벤치에 누워 책을 얼굴에 덮었다

새가 울었다
책을 치우고
우는 쪽을 보았는데

새가 없었다
새는 있었다

울음이 늘어나면서
사방에서 수많은 새들이 울고 있었지만
고개를 돌릴 때마다 새는 없었다

새가 있었던 자리에
번지는 울음과 나뭇가지의 떨림

나보다 먼저 죽은 사람들이 나의 울음이라고
책의 귀퉁이에 적어 두었지만

긴긴낮이었다

사랑

　새장을 열었다 새장 안에서는 불이 타오르고 있었다 나는 아이들이 감싸고 있던 병아리를 순서대로 새장에 넣었다 꿈틀거리다 순식간에 녹아내리는 병아리들을 보며 아이들은 입을 다물었다 병아리가 흔적도 없이 사라질 때마다 퀴퀴한 냄새가 코끝을 맴돌았다 병아리를 다 태우고 나니 불이 꺼지고 검은 재가 쏟아졌다 아이들은 빈손을 바라보고 있었다 자리로 돌아가라고 말했다 아무도 자리로 돌아가지 않았다

3부
부르지 않아도
태어나는 이름이
있었다

일시 정지

트럭이 가드레일을 박기 직전에 화면이 멈춘다
그런 다음 운전자와 옆에 앉아 있던 아내가
물속에서 빠져나오지 못했다는 소식

이불을 턱밑까지 끌어올리면
몸이 사라졌다는 착각이 든다

하늘을 볼 때마다 구름은 매번 다른 속도로 떠다닌다
너무 빠르면 붙잡고 싶고 너무 가만히 있으면 밀어 주고
싶다

정류장에서 죽은 개가 찢어진 박스를 덮고 있다
달려오는 버스가 순간 경적을 울리고
함부로 길을 건너고 있는 사람은 빛에 휩싸인다

식물인간이 된 어머니는 코에 호스를 꽂고 있고
가슴이 축 처진 채 팔과 다리를 그만 땅에 묻으려는지
뼈는 아무래도 부러지기 좋은 모양으로 생겼고

가위에 눌려 어떤 목소리가 자꾸 귓가에 맴돌 땐
손가락부터 천천히 움직이다가
마음속으로 숫자를 세고
몸을 돌려 바닥으로 떨어진다

눈부신 태양 속에서
잠자리의 날개를 잡았더니
날아가기를 포기한 모습으로 붙들려 있다

그래도 놓아주어야 하는 것은, 그냥 놓아주자
그곳에선 안전하기를
뒤에서 바라봐 주자

나는 이 장면을 영원히 간직하거나
지워 버릴 수도 있지만
다시 눈을 뜨고 끝까지 다 보기로 한다

꽃과 생명

은은한 불빛의 회복실에서 깨어났을 때
나는 비로소 반지가 없어졌다는 것을 알게 되었다

간호사는 마취가 풀리려면 세 시간은 더 기다려야 한다고
절대 자세를 바꾸지 말고 그대로 누워 있으라고 했다
회색 커튼 너머로 어느 한 노인이
마른기침을 하며 오줌통에 소변을 보고 있었고

적당한 무기력은 몸을 회복하는 데 도움을 주었다
나는 퇴원하는 날 새로운 반지를 하나 살 거라고 말했다

몸은 좀 어떠세요, 주사 빼 드릴게요 같은 말들이 일상
적으로 들렸고
너는 이곳의 벽이 흰색이 아니라 하늘색이어서 좋다고
했다
그런 건 참을 수 있었다

바지에 묻은 소고기뭇국을 스스로 닦을 수도 없을 때
마다

밀려오는 아침 속에서 항생제가 한 방울씩 낙석처럼 떨어질 때마다
주먹을 쥐어 보기도 하고
옷을 벗어 봉합된 자국을 매만지기도 했다

너는 생화보다 조화를 선물하는 사람이 많아졌다고
비누로 만든 장미 꽃다발을 들고 와 내 품에 안겨 주었다

나는 잘 모르겠다는 말을 자주 하면서도
속으로 받아들여야 한다고 생각하고 있었다

창밖을 보는 너는 내가 볼 수 없는 나무를 보며
바람이 저렇게나 많이 불고 있다고 곧 쓰러질 것 같다고 말했고
나는 노인이 기침하지 않는 밤이 불안했다

그렇구나, 말할 수밖에 없는 것들과
그렇지만, 말하며 다시 데려오고 싶은 순간들
추분과 춘분의 차이를 알지 못했고

우리는 마음을
척력으로만 쓰는 일도 그만두었다

괜찮다고
반지 같은 건 중요하지 않다고
얼른 건강해져서 나랑 같이 맞추러 가면 된다고 했지만

나는 단지 반지 하나를
손에 오랫동안 쥐고 있다가
식탁에 놓는 소리를 듣고 싶을 뿐이었다

죽어 본 적 없는 꽃에선 향기가 났다

유실

— 어느 날의 후렴

아가야
너를 재우려고 한 것인데
층계참에서 내려오는 그 노랫소리 때문에

송이송이 흰눈송이 송이송이 눈꽃송이

하늘 끝으로 점점 멀어지는 비행기를 보며
어디로 가는 중일까 내내 말했던

너의 할머니
정말 너에게 물어본 걸 수도 있겠다

잠들지 않는 아가
칭얼거리면서도 자라고 있었을 아가야
나를 왜 보았던 거니

송이송이 흰눈송이

아가야 그때

비행운이 그려지는 것처럼 너를 업은 할머니 등에선
하얀 등뼈가 튀어나왔고 이미 비행기는 사라진 하늘을
보며 노래를 불렀다
너에게 하얀 귓속말을 속삭였다

저녁에 내리는 눈발같이 스스로 눈꺼풀을 닫고
손을 말아 쥐면 손등이 둥글게 부풀고
푸른 등에 따개비처럼 기대어 파도 소리를 들었겠지

송이송이 눈꽃송이

앞에 너무 투명한 유리문이 있어서
그 안에 비치는 모습을 주저했다

아가야 너를 재우려고 부른 노래를 나도 아래에서 듣고
있었고

너는 울다 지쳐 잠든 밤을 차곡차곡 모아
몰라보게 큰 모습으로 내 앞에 있다

아주 어릴 때의 일들은 기억 속에서 지워지는 것으로
오직 과거의 시간으로만 남겨 두는 것으로
키가 다 커 버린 너는

나를 만난 거야
나는 무너질 것 같다

송이송이

나를 왜 보았니 네가 잠든 날 나는
어디로 가는 중이었니

너의 할머니가 부른 노래가 희미해진다
엄마 가지 마

사랑하는 나의 아가야 그만 집으로 돌아가자
흰눈송이 눈꽃송이 뽀드득 밟으며 돌아가자

계단에는 끝이 없었다

다른 모습

이 사람을 알고 있어. 이 사람을 매일 만나. 나란히 서서
엘리베이터를 기다리고 인사를 나눠. 이 사람이 먼저 내리
고 내가 이후에 내리는 공간. 매번 내게 뒷모습을 보이는
것으로 헤어지는 엘리베이터 앞에서. 안녕하세요. 여기 사
시나 봐요. 이사했어요. 간간이 서로의 가벼운 소식만을 전
하며 하루하루 만나. 이 사람은 누군데 나와 가까이 살게
되었을까. 가깝다는 건 조금 덜 멀리 떨어져 있을 뿐인 건
데. 이 사람을 알지만 어떻게도 부르지 못하고 있어. 다행
히 우린 인사란 걸 하며 살아갈 수 있어서. 안녕하세요. 또
만나네요. 오늘 점심엔 비지찌개가 참 맛있었는데요. 요즘
산책하기 좋은 날씨죠. 빛이 우리의 그림자를 길게 늘어뜨
릴 때. 이 사람과 나는 정말 아무것도 다르지 않다는 것을.
놀라울 정도로 닮은 생김새를 보게 되는 거야. 눈을 자주
깜빡여 밤에 익숙해지면. 이 사람과 하나가 될 순 없을까.
엘리베이터가 일층에 도착한다. 어느 날 이 사람이 이름을
듣고 뒤를 돌아볼 때. 거기에 내가 있을 때. 그 순간을 하
나라고 말해도 좋을 때. 이 사람을 매일 만나. 여기 사시나
봐요. 문이 열린다. 아무 말도 하지 않은 채 몸은 붕 떠오
르고. 문이 열리고.

비밀과 유리병

오래전 좋아했던 선배 집엔 뉴기니아 한 마리가 있었다

나는 수업이 일찍 끝나면 언덕바지에 있는 선배 집에서
이른 저녁을 먹고 차를 마시며 그 새를 바라보는 시간을
좋아했다

우리가 탁자에 놓인 빈 유리병에 담겼던 것이 무엇이었
는지 말하는 동안
오목하고 하얀 새장 안에서 뉴기니아는 홰에 가만히 앉아
자신의 붉은 깃털을 뽑고 있었다

그건 털갈이를 하는 모습이 아니었다
몸 안쪽까지 파먹는 부리의 어둠을 떠올리자
창밖에선 해가 지고 있었다

채광이 좋은 남향집에서 선배와 저녁을 맞는 일이 여러
번 있었다
한 손으로 감쌀 수 있는 이 작고 깨끗한 유리병을
언제나 우리 사이에 올려 두고

학교에서 나오는 길에 선배에게 연락이 왔다
죽었어, 알고 있었어?

그 이후로도 우리는 몇 번 더 저녁을 먹고 차를 마셨다
더 이상 바라볼 새가 없고 죽은 새를 이야기하지 않고

해가 지는 풍경을 뒤로하고 집으로 돌아가는데
쥐고 있던 유리병을 놓쳤다

흠 하나 없이 투명한 유리병은 보이지 않는 비탈길의 끝
을 향해 굴렀다
선배는 그 안에 처음부터 아무것도 없었다고 했다

나는 유리병을 주워 최초로 담을 것을 생각하며 걸었다

대화의 자리

결혼할 줄 알았는데
청첩장을 들고 올 것만 같았는데

아무 말도 해 줄 수 없는 이야기를 듣는다
찢은 김치전을 간장에 푹 누르며

광대가 달아오르는 동안
우리의 술잔은 점점 차가워진다

몇 순배를 더 돌자
우리는 부딪치지 않는 술잔을 꺾어 마신다

너는 무거워지는 술자리를 미안해하며
아무도 모르게 커져 가는 검은 눈동자를 애써 숨기려고
젓가락을 들어 꽁치를 바른다

너는 긴 호흡을 반복하고
우리는 정말 반팔을 입고 있다

너의 이야기는 조금 덥고
두 눈에 소매가 접힌 슬픔이 고여 있다

아버지가 맞았다는데
진짜 네가 결혼할 줄 알았는데

빈 접시를 건네자 새로 부친 김치전에 김이 난다
찢은 자리에서 또 다른 김이 난다

너는 꺼낸 사진을 앞에 두고 남은 술을 마신다
여전히 해 줄 말은 없지만

우리는 광어와 우럭을 해삼과 멍게를
흰 티셔츠에 묻은 매운탕 국물을
무거운 이야기를 할수록 술은 잘 넘어가는 거라고
한 잔, 투명하게 따른 술잔을
조금 좋아하게 될지 모른다

언젠가 네가 돌돌 만 마음을 펴서 읽는 여름밤이 온다면

우리가 무슨 말을 했는지 도통 모를 거야

부딪친 잔의 물기가 어디서 부서졌는지는 하나도 중요하
지 않을 거야

납득되지 않는 말들이 가슴속엔 오래 남고

열대야를 걷는 우리가

우리의 목소리를 푸르게 듣는다

좋은 화분

너는 자라지 않는 왼손을 가졌다

항상 무언가를 다짐하듯 불끈 쥔 모양처럼
절대 펴지지 않는 주먹이었다

모래알들이 나선을 그리며 빙빙 떠오르는 운동장에서
나는 내가 누군가에게
반대이거나 완벽이거나 기형이 된다는 것을 알았다

너를 처음 본 사람들이 없는 손가락에 대해 물었을 때
모두 잘렸다는 말과 다르게
담담하게 너는 말했지, 태어날 때부터 없었지

딱 한 번 그 손을 만진 적이 있다
손가락이 있어야 할 자리에 붉은 꽃봉오리가 피어 있
었고
이미 무언가를 소중하게 움켜쥐고 놓질 않았다

손등과 손바닥을 구분하는 태도가 무의미한 자리만이

고운 흙을 품을 수 있다는 듯

죽은 시간에 유약을 발라 분갈이를 하는 자

그러니 없는 지문은 잘 심어 두었다고 하자
슬픔의 마디들을 부러뜨려 식물을 키울 토대를 만들었
다고 하자

겨울에 너는 눈뭉치 같은 왼손을 더 자주 주머니에 찔
러 넣겠지만
그사이

부르지 않아도 태어나는 이름이 있었다

자각몽

　누군가의 감은 눈 속을 헤매고 있다. 식당에서 나온 뒤부터였다. 너는 검고 긴 머리카락을 묶는 중이었다. 잠시 차에서 모자를 가져오는 사이에 네가 어딘가로 가고 없었다. 우리가 앉아 대화를 나누고 서로의 그릇에 좋아하는 반찬을 올려 주고 함께 사진도 찍었던 테이블엔 이미 어떤 가족이 도란도란 모여 음식을 주문하고 있었다. 뒷문에는 열리는 문에 다칠 수 있으니 조심하라는 말이 적힌 종이가 빳빳하게 붙어 있었다. 식당 바로 옆에 지하로 내려갈 수 있는 긴 터널이 있었다. 나의 의지는 나만의 것이지만* 종종 잠 못 드는 새벽이면 찬바람이 부는 공원을 돌며 너에게 남겼던 음성 메시지. 오늘도 자는 데 실패했어. 해가 뜨는 걸 보면 그제야 눈이 감기겠지. 나는 왜 이렇게 불면증이 심할까. 정오를 넘긴 다락방에 가득 들어차는 햇빛. 커피를 마시고 있으면 어김없이 네게 전화가 왔다. 어젯밤 무엇을 보았는지 말해 볼래? 맨발로 백사장을 밟고 눈을 찡그리는 나의 이마 위로 손차양을 해 주는 너의 모습, 잔디밭에 누워 노을의 냄새를 맡던 여름, 눈발 속에서도 지워지지 않는 발자국을 남기며 내게서 멀어지는 너의 코트 자락. 메아리로 돌아오는 너의 이름은 누구의 음성이지. 터널

끝에 맺혀 있는 순백의 빛을 향해 걷다가 일순간 모든 소리가 차단된 적막으로 들어온 것이었다. 누군가의 감은 눈 속을 헤집고 있다. 이대로 혈관을 타고 내려가 온몸을 돌아볼 수는 없을까. 여기 바다를 건널 수 있는 터널이 있대. 너는 이미 식당 문을 연 모습으로 나를 기다리고 있다. 같이 가자고. 모자를 쓰고 있다. 모자 뒤에 뚫린 구멍으로 묶은 머리카락은 빠져나왔다.

* 하재연, 「나만의 인생」, 『라디오 데이즈』(문학과지성사, 2006).

오늘 대출했으므로 당분간 아무도 빌릴 수 없다

지금은 사서와 나만 남았다. 내일은 도서관이 쉬는 날이므로 나가기 전에 책 한 권을 빌리기로 했다. 사서는 마지막 책장을 정리하는 중이다. 그는 한 권의 책을 책장 맨 위에 올리기 위해 까치발을 든다. 책을 든 그의 손이 맨 위에 닿지 않는다. 맨 위에는 정확히 그 책이 들어갈 만큼 틈이 있다. 빈자리는 딱 한 권의 책을 기다리고 있다.

책을 찾는 중이었다. 사서가 나를 본다. 나는 쥐고 있던 구겨진 종이를 사서 앞에 펼쳐 보이려고 했는데 그가 어디론가 사라지고 없다. 아마도 사다리를 가지러 갔을 것이다. 모두 빠져나간 책상마다 켜진 스탠드 불빛을 다 끄기 위해. 이내 모든 형광등까지 다 끄고 도서관을 마감하기 위해.

손을 뻗어 본다. 닿을 듯 닿지 않는다. 단 한 권의 틈으로 텁텁한 공기가 흐르고 먼지가 쌓인다. 책장은 책장끼리 구분되어 있다. 어떤 칸에는 책들이 모두 기울어져 있다. 사서가 채워야 하는 칸에는 모든 책이 서 있다. 그 틈 역시 온몸으로 서 있다.

틈이 조금이라도 일그러지면 책을 꽂을 수 없다.

나는 돌아온 사서 앞으로 가 이미 수많은 균열과 자국이 난 종이를 사서에게 펼쳐 보인다. 사서가 들고 있던 책을 내게 건넨다.

시간이 다 되었는데
사서는 맨 위의 책장을 노려보고 있다.

떠올릴 만한 시절

희곤이. 우리 집 바로 옆집에 살았던 그 애. 거리가 아주 가까워서 문고리를 돌리는 와중에도 바로 듣고 나올 정도였다.

나와 놀고 싶은 희곤이는 우리 집 대문을 박자에 맞게 세 번 두드리면서 내 이름을 부르곤 했다. 곧장 문을 열고 바로 앞에 있는 놀이터로 나가 햇살을 받으며 모래를 휘저을 때도 있었고 문에 귀를 댄 채 나가지 못한 때도 있었다.

아파트라고 하기엔 너무 작은 곳이었다. 벽지는 오랫동안 도배하지 않아 썩어 가고 있었고 구멍을 지나다니는 바퀴벌레 몇 마리쯤 짓누르는 건 예삿일이었다. 콘크리트는 쉽게 벗겨지거나 깨졌다. 우리는 그런 벽을 사이에 두고 서로를 생각했다.

태풍이 한 차례 지나간 후 나는 이사를 갔다. 잊고 살았던 기억이 되살아난 것은 어젯밤이었다.

오후가 재생되었다. 미끄럼틀에 차례대로 오줌을 갈기고

나서 한동안 시소나 그네만을 타던 오후가, 진돗개와 마주쳐 집 앞까지 뒤도 돌아보지 않고 달렸던 오후가, 검지로 서로의 모래성을 푹 찔러 폭삭 가라앉아도 웃음이 막 나던 오후가. 우리에게 없는. 있었던.

느지막이 그 집 앞을 지나가 보았다. 여전히 아파트라고 하기엔 작은 곳. 미끄럼틀엔 햇살이 닿아 하얀 빛들이 조각조각 모여 있었고 시소는 아무도 타지 않으면 언제나 한쪽으로 기울어져 있었다. 그네 두 개가 나란히 체인에 묶여 삐걱거리면 누가 타고 있는 것만 같아 뒤를 돌아보았다.

궐련

머리는 바닥에 빠르게 떨어지기 위해 가장 무겁게 만들어진다

입술 자국이 묻은 문장은 금세 재가 되어 가라앉는다 그릇이 다 채워져 뚜껑을 덮어 버리면 아직이라는 부사를 자주 쓰는 사람들의 이야기가 쓰일 것이다

볼링공이 무표정으로 레인을 구르다가 핀을 쓰러뜨린다 아홉 핀이 뒤로 넘어가고 남은 한 개의 핀을 향해 구르는 공 스페어 실패 스핀도 없이 도랑으로 빠지지

다 같이 밀폐된 공간으로 들어가 숨을 나눠 마시다 보면 정신이 맑아지고 뒤섞인 냄새가 온몸을 더듬는다

테이블에 칸막이를 설치한 식당에 앉아 얼굴을 묻고 국수를 들이켠다 밥을 먹을 때 숙이는 등의 기울기를 따라 그림자도 휘어진다 두 갑 정도 태우면 채울 수 있을 형상이다

썩어 문드러졌을 속이지만
같은 색깔은 같은 색깔로 지울 수 있다

아파트에서 추락했다는 소식을 들으며 연기를 뱉는다
환각이었다고 한다 그를 벼랑 끝으로 몰고 간 것은 이 세
계에 없다

어떤 공기는 이목구비가 망가진 호흡이 되어 간다

정말 다 괜찮아질까?
줄담배를 피우던 친구가 미간을 좁히며 말한다

놀이터는 금연 구역이다
꽁초가 모래성 맨 위에 박혀 있다

월간 미식회

우리는 본래 다섯이었으나
둘이 떠났으므로

우리는 매달 돌아가며 주최자가 되고
약속한 날에 모여 주최자가 선정한 식당에서
주최자가 추천하는 음식을 먹으며 이야기를 나누는 시
간을 보내기로 했다

오월이 다 지나갈 무렵이었고
주최자를 하겠다고 손을 들었다
뭐라도 먹으면 좋아질 수 있을까 해서

처음이니까 가정의 달이니까 장난이고 이번 달이 얼마
남지 않았으니까
지쳤으니까

짝이 맞는 세 쌍의 여섯 젓가락이 가지런히 놓이면 마
음이 이상했다
입과 눈을 다 가릴 수 있는 모양으로 생긴 숟가락

물을 잘 따른 두 컵과
물을 조금 쏟은 컵 하나

마지막 주 금요일 저녁에
따뜻한 조명 아래, 통유리 너머로
나뭇잎과 나뭇잎 사이로 흰빛들이 반짝이며 같은 몸이
되는 모습을 바라보며
어항가지를 입속에 넣고 우물거렸다

우리가 식탁에 앉을 때
따로 지정된 자리는 없었지만
나는 언제부턴가 두 얼굴을 마주하는 순간이 익숙했다

여름이 오면 셋이서 각자의 별명을 새긴 반팔 티셔츠를
주문 제작해서 입고
끝이 안 보이는 바다가 있는 곳으로 놀러 가자
우리는 원탁에 놓인 커피를 마시고 웃으며
마치 끝이 보이는 바다에 간 적 있다는 것처럼

유월엔 하지가 있으니까 호국보훈의 달이니까 농담이고
장마가 시작되니까
지났으니까

음악을 작게 틀고 침대에 누웠다
어떤 자세는 너무 슬프다고 한 말이 떠올랐다

마음을 나눠 가지면 파프리카가 돼
빨강 초록 노랑 주황
그래서 언제나 외로운 색깔을 남겨야 하는

우리는 줄곧 셋이었으므로
나는 내가 여전히 맞지 않았다

바구니 하나

속이 빈 바구니 하나를 들고 나는 아카시아가 핀 자리를 서성거린다 나는 이 낡은 바구니를 들고 외출한 이유를 알 수 없다 처음부터 목적이 없었을 수도 있다 공원에는 한낮의 봄을 조명하는 태양과 빛이 묻은 꼬리를 흔드는 개의 목줄을 잡고 걷는 사람들이 있다 나에겐 산책하는 방향이 없고 목줄도 없고 내가 가지고 있는 것은 바구니 하나뿐이다 이 바구니를 탐하는 사람도 있을 거다 바구니가 전부인 사람도 있을 거다 바구니 하나로 평온해질 수 있다 바구니를 가지지 못해 자신이 가진 소중한 것을 지키지 못하고 동공이 흐려지는 사람까지 하지만 이 바구니엔 왜 아무것도 넣을 수 없을까 돌멩이와 연못을 넣을 수 없고 철봉과 개들의 발자국을 넣을 수 없다 길을 잃는다 오늘의 산책은 맥락도 의미도 없이 바구니 하나를 들고 배회하는 것 나는 건강하지 않다 나는 검지와 중지를 구부려 바구니를 쥐고 아카시아를 본다 저 아카시아를 다발로 묶어 바구니에 담을 수 있다면 내가 왜 이 지루한 산책을 계속하고 있는지 이해할 수 있게 될까 그만 돌아가야 할 것 같은데 다시는 이 바구니를 꺼내지도 말고 안으로 들어가 맛있는 커피를 마셔야겠는데

어느 하루

섬진강을 지나고 있다, 여긴 해남인데 계속

창가에 머리를 기댄 채 섬진강을 지나고 있다고 중얼거
린다

운구 버스에 탄 가족들은 모두 커튼을 치고 자고 있다

야간열차를 탄 것처럼 내부가 조용하고

이틀 전에는 비바람이 크게 불었었는데

나는 구름 사이사이로 내려오는 햇살, 에메랄드색을 가
진 남쪽 바다와

반짝이는 윤슬을 보며 참 아름다운 풍경이다, 낮고 깨끗
한 목소리로

그들이 깨지 않을 정도로만 나직이 말한다

짐칸에서도 안락한 잠을 자고 있을 할아버지를 깨우지
않으려고

버스는 적정 속도를 잘 지키며 달린다, 지금은 빨간불
앞에서 멈추는 중

오늘만 지나면 다시 운동을 열심히 하고 밥도 잘 챙겨
먹자

의자를 당기고 책상에 바짝 앉아 공부를 하자

화장터에 가까워질수록

밖을 보면 호프집이나 과일 가게 정육점 무화과를 파는 트럭 같은 게 더 눈에 들어오고

아파트가 원래 이렇게 높은 건물이었나, 시선을 오래 두다가

슬슬 한두 명 잠에서 깨어날 때

미처 속도를 줄이지 못한 버스가 덜컹거린다

발밑에서 관의 무게가 느껴지자

다음 주까지 제출해야 하는 과제가 불현듯 생각났고

내가 그날 애인과 시간을 좀 더 가졌더라면 지금까지 잘 만날 수 있었을까, 후회가 쌓이던 옥탑이 떠올랐다

더러운 새벽의 산책은 그만하기로, 피곤하다, 주말이나 얼른 와라

오늘을 버티고 내일만 지나면 주말이 오니까

모처럼 혼자 전시회라도 보러 갈까

생각들이 맥락을 잃는 동안

잠에서 깬 이모들, 아이들, 엄마가 차례로 커튼을 젖힌다

화창한 날씨, 오늘이 참 좋다

그래도 다 듣는다고 했다

레이스 커튼이 열린 창 위로 나풀거렸다. 방 한가운데에 침대가 정갈하게 놓여 있었고 깔린 욕창 매트 위에는 할머니가 옅은 숨으로 누워 있었다. 침대 앞에 무릎을 꿇었다. 늘어진 피부가 뼈를 간신히 덮고 있었고 허리에 담요가 세 번 정도 감겨 있었다. 아무리 불러도 눈을 뜨지 않았는데. 할머니가 내 이름을 듣자 고개를 내 쪽으로 돌리며 눈을 희번덕하게 떴다. 눈을 최대한 크게 뜨면서 목울대를 떨었다. 쇳소리를 냈다. 눈꺼풀이 격렬하게 떨렸다. 겨우 뜬 눈을 다시는 감고 싶지 않은 모습이었다. 누군가를 조금만 더 보려고 하는 눈빛이었다. 할머니의 구겨진 손을 잡았다. 이렇게 물렁물렁한 핏줄을 몸속에 넣고 살았으니. 손이 아직 따뜻했다. 더 지켜 줄 수 있을 것 같았다. 이름을 더 들려주고 싶었다. 할머니는 몸을 조금 떨다 다시 눈을 감았다.

강물에 남은 발자국마저 떠내려가고

시선이 생긴다 눈빛으로부터 벗어나 새로운 눈빛을 보낸다 영정사진이 기울어져 있다 주변에 꽃들이 많다 향기는 맡을 수 없다 몸도 마음도 사라졌고 기억만이 남았다 넓은 등을 가진 사람이 엎드린다 일어나지 않는다 흐느끼는 자세는 단순하고 반복적이다 죽음을 애도하는 몸짓들을 이으면 그것을 춤이라 부를 수 있을까 향을 계속 피우는 일 근조화환을 세우는 일 국화꽃을 국화꽃 위에 올리는 일 밥상을 차리다가 그릇과 음식을 동시에 떨어뜨리는 일 옆에서 꾸벅 졸고 있는 상주를 깨우는 일 어이, 술 좀 더 갖고 와 빨개진 얼굴들을 터뜨려 버리는 일 화투 소리가 창밖으로 섬광처럼 튀어 오른다 부의함이 열린다 하얀 봉투들이 바닥에 쏟아진다 이름들이 쓰여 있다 아직 썩지 않았는데 생기가 도는 팔과 발바닥이 있는데 피가 돌 것만 같은데, 관의 크기만큼 눕는다 여기서 딱 그만큼만 사라질 것이다 입속에서 구취가 난다 나무가 되고 흙이 되고 숨이 될 시간이다 누군가 나를 보러 오겠지 가끔 나를 기억해 주는 바람이 불겠지 사람들, 잘 닦인 밤하늘 같은 비석 앞에서 웃고 떠들며 과일을 씹다 과즙을 흘리겠지 회관에서 점심이나 먹고 갑시다 서서히 내게서 등을 돌리면 등에서

부터 멀어지는 기억과 흔적 나도 나를 잊기 위해 노력해야
겠지 남은 뼈는 곱게 갈릴 것이고 저 강물은 언제나 잔잔
히 흐르겠지만

4부
우리가 더 아름답게
지워질 때까지

빛

나는 당신의 이름을 남들에게 함부로 말하는 사람 나는 당신의 꽃에 함부로 물을 주는 사람 꽃보다 화분을 더 함부로 만지는 사람 당신의 이불을 함부로 펴는 사람 당신의 기억을 함부로 헤집고 원래대로 돌려놓지 않는 사람 나는 당신이 잠든 밤을 함부로 뜬눈으로 보내는 사람 당신의 이마에 함부로 손을 올리고 당신은 미열을 앓는다 나는 당신 앞에 함부로 나타나 늦은 고백을 하는 사람 나는 당신의 베개를 함부로 들추고 당신이 보낸 어제를 닦아 주는 사람 나는 당신의 이름을 당신 귓속에 함부로 속삭이고 당신이 있어 이 세상에 온 사람 커튼에 빛이 모이고 나는 당신의 새근거리는 숨을 들으며 공기를 이해하는 사람 나는 당신의 외투를 예쁘게 걸고 당신이 일어나면 홀연히 사라지는 사람 나는 당신이 간밤에 무서워했던 천장에 야광별을 붙이는 사람 나는 당신과 멀어질수록 환해지는 사람

저녁의 대관람차

이 한 바퀴를 다 돌고 나면
한 사람의 눈동자를 완성할 수 있을까

야경을 보러 오는 사람들은
도시의 불빛을 보러 온 것인지
도시가 어둠에 잠긴 풍경을 보러 온 것인지

자물쇠가 반짝였고
비밀이 풀리는 순간을 함께한다면

어떤 기억은 떠오르다가
투명한 바늘에 찔린 것처럼
순식간에 터진다

층계를 밟는다
미끄러운 바닥조차 없는
빛을 잡을 수도 없는

공중은 평평하고

약간 따뜻하다

아직 바닥도 꼭대기도 아니다

스스로를 가두는 태도를 기를 수 있다
도달하려는 노력 없이
그런 기분만을 가지면 된다

이렇게 높이 올라와도
놀이터에서 비눗방울을 만드는 아이들이 보인다

머리카락에 벚꽃 잎이 붙은 줄도 모르고
비눗방울 속에 들어 있는 무지개를 잡으려고
폴짝 뛰어오르다가

잡을 수 없는 것을 잡기 위해
물을 더 채우고 입술을 모아 바람을 넣는다

이제 겨우 절반을 돌았는데

우리가 가장 높은 위치에 있어
세상을 한눈에 보는 연습을 해야 할 것만 같은데

나는 아무거나 붙잡고 몸을 둥글게 만다
천장에 매달리는 물방울처럼
꼭 터질 것처럼

이 한 바퀴를 무사히 다 돌면
우리가 각자 보았던 미래가 많이 닮아 있을까

이 공간이 흔들린다

오로라

당신이 자리에서 일어나 방으로 들어간다

의자에 놓여 있던 담요가 조금 구겨져 있다

이불 속에서 우는 당신이 파도의 하얀 물거품처럼 들썩인다

문을 더 열고 들어가려고 하자 베개가 가슴팍으로 날아온다

눅눅하고 주름진 베갯잇을 펴 보지만

한번 구겨진 자리는 원래 모습으로 돌아오지 않는다

조금 다른 무늬를 가져 보는 수밖에 없다

아직 이 침대에서 우리가 매일 밤 나눴던 대화를 떠올릴 수 있는데

당신은 이불 끝을 잡고 세게 흔든다

매트리스가 흔들리고

이불이 어느덧 축 늘어진다

나는 문틈으로 새어 나오는 얼룩을

천천히 문지른다

너는 꼭 가지 않아도 돼요

너는 왜 매화와 벚꽃을 헷갈리는 겁니다
너는 여전히 꽃이 꺾인 자리를 감싸 쥐고 울겠습니까
너는 꽃밭에 몹시 물을 주고 풀을 자릅니다
꽃말을 들으면 차분해지고 착해지는 것 같다고
꽃말은 누가 지어 주는 것인지 참 예쁘다고
너는 꽃을 사랑해서
너는 너답고
너여야만 해서
너는 약간 좋은 마음입니다
너도 요즘 피어나고 있습니다
너는 원래 시간이 가는 줄도 모르고 개화 시기를 모르고
사라져 버리는 세계 안에서 너를 두려워해도
너는 이제 기쁜 빛을 감싸 줄게요
금세 모를게요
너는 가볍게 둥둥 꽃밭에 누워
어제 읽었던 소설의 한 부분을 떠올리면 어때요
함께 읽는 동안 또 하나의 절기가 다가오고
물을 꺾고 풀을 뿌리고 꽃을 입고
너는 간신히 너를 누구와 구분하려 하지 마세요

너는 오히려 무사할 것 같아요

저것은 복사꽃 저것은 목련이라고 말해 줄 수 있는 계절
이니까

너는 차마 작은 꽃병을 구해 주세요

너는 왠지 이야기를 들려주세요

너는 몰래 들어가 다 죽어 가는 꽃을 꺾어 오는

그리하여 그것을 주기 위해

수많은 가시에 찔리는 한 사람의 이야기를

너는 살면 돼요

너는 가까스로 밉기도 하지만

너는 너보다 꽃을 더 잘 가꾸는 사람을 몇 명 더 알면
그러겠어요

너는 비로소예요

너는 그럼에도 불구하고예요

근사한 너에게

개화하는 시간이 다 흐르고

더 많은 것을 약속해 주는

우리가 언제부터 얼음을 녹여 먹을 생각을 하게 된 것
일까

강이 흐르고 다리가 밝아지는 것을 보며
서로의 입속으로 얼음을 넣는다
눈동자에 비친 얼굴이 너무 작으니까

천천히
녹여 먹는다

녹으면 다시 하나의 얼음을 집고서

멀리 보라는 말이 무슨 말인지 모르겠어서
다리 위에서 떨어지는 불빛들이 강 표면에 일렁이는 모
습을 본다

그런 풍경을 함께 말없이 바라보고
같은 음악을 듣고 있지만

마음은 녹는다는 것
억지로 떼어 내려고 하면
영혼의 살갗과 함께
뜯어진다는 것
없어진다는 것

겨울엔 자주 순록이 달려오는 상상을 해 밤의 가죽을
뒤집어쓰고
구불구불한 뿔을 닮은 우리의 눈빛은
또 얼마나 많은 얼굴에 구멍을 낼지

순록이 눈과 얼음 사이에 낀 이끼를 먹는 동안
우리는 매일 도시의 밤하늘을 올려다보고
보이지 않는 별자리를 손으로 그린다

우리는 한 사람을 질리게 미워해서 만든 노래를
입속에서 돌돌 굴려 보기도 했으니까

더 멀리를 봐 가능한 네가

볼 수 있는 가장 멀리,
거기서 더 먼 멀리를

손을 내밀며
저기 언 강의 중심까지 걸을까
우리는 맞잡은 손의 따뜻함으로
강이 녹기 전까지
서로를 쳐다보다가

너의 검은 꿈속을 달리는 순록이 발목을 다치지 않았으
면 좋겠어

녹았어? 다시 얼음을 넣어 주려다
얼음이 바닥에 떨어져 앞으로 구른다

나는 얼음을 주워 출렁이는 강 위에 던진다

괜찮습니다

버스를 타기 전에 젖은 우산을 길가에 터는 사람은
누군가의 곁이 눅눅해지거나
바닥에 물자국이 고이는 일을 염려하기 때문이겠지요

꽃을 주고받는 연인들이
잘게 부순 두부 같은 안개 속으로 사라집니다
너머에 대한 상상은 여기까지입니다

먹구름이 가득한데 선글라스를 쓰고 다녀서 이상한가요
겉멋에 취했냐느니 눈두덩이에 멍이라도 들었냐느니
이유가 꼭 있어야만 하나요

비탈을 오를 땐 지나치게 흔들립니다
좌우로 따라 흔들리고 있는 손잡이를 잡고 나서야
함께 흔들리지 않게 됩니다

팔뚝과 팔뚝이 닿은 채 창가에 앉습니다
옆 사람의 가슴이 부풀고 가라앉는다는 것을 보지 않고
도 느낄 수 있습니다

이 정도의 호흡, 이 정도의 박자로
연결되어 있구나

뱅갈고양이는 러그를 할퀴다가 등을 말고 자고 있을 거
고요
아직 도착하지 않은 거실의 선반 위에 기타 한 대
쌓인 먼지라도 닦아 주었어야 하는데
이런 날에는 음이 엉망으로 바뀌거든요

고데기를 한 머리는 금세 망가졌고
하필 그때 몸도 덜컹거려서 원피스에 커피를 다 쏟으니
까요

셀 수 없이 눈을 깜빡일 수밖에 없어
놓치는 순간의 장면들이 얼마나 될까요

말랑하고 탱탱한 도토리묵처럼
너무 힘을 약하게 주면 놓치고
너무 힘을 세게 주면 갈라지고 마는

내일을
몇 번이고 더 들어 보는 얼굴

일월과 십이월은 무척 가깝고 어울리지 않나요
같은 계절인데도 마지막과 끝을 착각하는 사람들

잘 지내요 뒷문이 열리면 우리
우산을 앞으로 활짝 펴면서 나갈까요

당신이 다 나갈 때까지 모두가 멈추고 기다려 줍니다

재회

나비가 어깨에 앉았다고 했다 괜찮다고 했다 쉬고 갈 수 있다면 좁은 어깨라도 빌려줄 수 있으니까 따뜻하다고 했다 그런 말은 심장을 더 세게 움켜쥐었다 물기 가득한 유리잔을 들고 흔들면 아직 다 녹지 않은 얼음끼리 부딪혔다 건너편에선 정원사들이 사다리를 타고 올라가 소나무를 가지치기하고 있었다 가지들이 땅에 힘없이 떨어질 때 자전거를 탄 아이들이 연달아 벨을 울리며 앞에 걸어가고 있던 연인 사이를 지나갔다 아직 있냐고 물으니 아직 있다고 했다 어떻게 생겼냐고 물었다 그냥 희다고 했다 오래 기다려 온 대답은 아니었다 날아서 등으로 갔다고 했다 그래서 어떻게 붙어 있는지 볼 수 없다고 했다 그건 둘 다 마찬가지니 상관없다고 했다 몸을 돌리면 날아갈 테니 뒤로 오라고 했는데 다가가는 것 또한 날아가게 할 거라고 했다 어쩔 수 없겠네요 가만히 앉아 너머의 풍경을 마저 구경해요 커피를 홀짝였다 트럭이 서로의 몸을 찌르며 얽혀 있는 가지들을 싣고 옆길로 빠져나갔다 바람에 날아가는 여자의 모자를 주우러 남자가 도로 한가운데에 뛰어들고 있었다 아직 있을까요 물으니 아직 있을 거라고 말해 주었다 여기서 심장을 더 세게 쥐면 부서지는 건지 터지는 건지 궁금

했다 어떤 날갯짓이 눈가를 건드려 고개를 저었다 눈앞에서 희디흰 나비가 거대한 모습으로 날고 있었다 순간 그 나비를 손바닥으로 내리쳤다 나비가 허공에서 비틀거리다가 조화가 담긴 꽃병 옆에 앉았다 나비는 우리가 자리에서 일어나려고 할 때까지도 움직이질 않았다 괜찮다고 했다 입속에서 차갑고 딱딱한 것이 깨졌다

백년해로

물비늘이 바다 한가운데에 모여 길을 이룬다
붙잡고 싶은 시간이 있었지만
부러진 여름의 손톱들로 거기 남아 있고

젖은 옷을 모래사장에 펼쳐 두고
물수제비를 뜨는 아이들, 돌은
자신이 닿은 자리마다 몸을 새기고 가라앉는다

그늘진 풀밭에서 이끼가 자라나고
어디선가 강아지풀을 꺾어 와
옆으로 누워 있는 나의 뺨을 간지럽히는 당신

등대에 불이 켜지고
물속으로 떨어지는 그림자가
사방으로 물방울을 흩뿌렸다가
잔잔한 물결이 되어 돌아간다면

저것은 누가 버린 기분일까

여유롭고 근사한 날에
이곳의 평화는 한순간에 깨질 것이고
나는 당신과 아이들을 데리고 여길 떠나려다
질퍽거리는 땅에 맨발이 파묻히겠지

우리는 발목이 잘린 사람처럼
어디로도 달아날 수 없이
다시 바다를 향해 얼굴을 돌리고

수평선은 불안 속에서 몰래 훔쳐보는 실눈처럼
언제나 희미한 순간만을 전부로 알았다

당신이 일어나 보라고 나의 왼눈을 벌린다
입속에 과일을 오물거리는 아이들이 발바닥을 긁고 있다

가만히 여름이 부서지고 있는 오후
우리가 더 아름답게 지워질 때까지

파도가 빛을 집어삼키고 방파제를 향해 달려온다

식기 전에

누나에게 할머니는 강정과 도나쓰였습니다 제가 마룻바
닥을 아장아장 기어다닐 때였다고 합니다 누나는 꿀이 찐
득하게 묻은 강정을 오물거리면서 처마 끝에 걸려 있는 작
은 종을 보는 것이 그렇게 행복했답니다 찹쌀가루에 꿀을
약간 섞고 잘 저어 반죽으로 만든 후 찌고 튀기는 과정이
겉보기와는 다르게 꽤나 복잡한 음식이었습니다 할머니의
강정은 속이 꽉 비었었다고 합니다 충분한 공기가 섞인 속
은 아무것도 없었지만 그 맛 때문에 하루 종일 손에서 떠
나지 않았답니다 싸리 채반에 선한 눈망울처럼 담긴 도나
쓰는 저도 어릴 적부터 즐겨 먹었는데요 할머니는 도나쓰
를 늘 두 종류로 나누었습니다 앙금이 든 것과 앙금이 없
는 것 저는 앙금이 든 도나쓰를 좋아했고 누나는 앙금이
없는 도나쓰를 좋아했습니다 동글동글한 도나쓰를 먹으며
보는 보름달은 오래오래 좋은 일만 가져다줄 것 같았습니
다 떡국을 뜨다 말고 저녁 식탁을 봅니다 알타리무와 깍두
기, 배추김치와 열무김치, 묵은지와 파김치 내일은 시장엘
좀 다녀와야겠군요 대야에 담은 푸성귀를 씻듯 올해도 머
지않아 다 지나갈 것입니다 미리 봄날의 제철 음식을 말하
다 보면 계절보다 먼저 다가오는 사람도 있었습니다 찰기

가득한 눈을 가진 어린아이의 모습이 남아 있습니다 국이
다 식기 전에 얼른 돌아와서 함께 주린 빈속을 채워야지요
못다 한 이야기는 주전부리를 먹으면서 해야 하니까요

더 따뜻한 차를

벌써 삼십 분이 넘도록 당신은 창밖에 있는 하얀 벽만 쳐다보고 있다. 나도 당신 시선을 따라 같은 벽을 본다. 벽돌과 벽돌 사이에 끼어 있는 우리의 마주앉은 모습이 유리에 반사되고 있다.

다리 하나가 짧은 식탁이 들썩거린다. 당신이 마시지 않는 유자차가 찻잔 테두리를 넘어 밑으로 흐른다. 나는 연꽃 문양을 가르는 노란 물기를 닦지도 않고 밑바닥으로 차츰 고이는 물방울들이 지나간 길을 본다. 흔들리는 자리에 마주앉은 우리는 이 흔들림이 누구 것인지 알지 못한다. 그럴 때마다 찻잔과 받침이 서로 부딪치면서 내는 투명한 소리가 우리의 굽은 등을 세운다.

두 찻잔 위로 김이 나지 않는다.

당신은 둥글고 하얀 찻잔과 받침을 이따금 손끝으로 한 번씩 만질 뿐. 따뜻했던 유자차를 단 한 모금도 마시지 않고. 나를 보지 않고. 하얀 벽 속엔 무엇이 들었는가. 당신은 왜 이 차를 마시지 않는가. 우리는 왜 이토록 조용한 식탁에서 아무 말 없이 앉아 있는가.

여분의 의자가 없고
양팔을 벌려 식탁을 붙든다.
유자차를 끓여 온다.

찻잔이 달그락거리며 받침과 몸을 맞춘다. 들러붙어 있던 유자 껍질들이 흩어져 물 위로 둥둥 떠다닌다. 나의 찻잔에는 유자 껍질끼리 비틀려 말라 가고 있다. 다시 김이 피어오르고 우리의 코끝으로 같은 유자향이 맴돈다.

당신의 찻잔은 아직 따뜻하다.

우리가 아직일 때

엄마와 두 딸이 눈길을 걷고 있었다
두 딸은 서로의 발자국에 자신의 발을 넣으며 웃었고

모두 우산을 쓰진 않았다

눈이 많이 와 모자라도 써
엄마가 뒤를 돌아보며 느리게 따라오는 두 딸에게 말했고
두 딸은 동시에 같은 대답을 했다
눈이 좋아 안 쓸래

그때 내 아랫입술에 눈이 톡 내려앉았고
나는 보이지 않는 눈의 결정을 천천히 녹여 보았다
아무 맛도 나지 않았지만
생각보다 차갑지 않았고
부드러운 촉감이 썩 좋았다

이렇게 눈이 많이 내리는데
세상이 금방 하얘지지는 않았다

반드시 써야 하는 우산과
우산을 놓는 손의 각도를 생각했다

떨어진 눈보다
공중에 날리는 눈이 더 많아서

그런 눈들을 알알이 세어 보다가
그런 눈들과 친밀해지는 공기의 흐름을 볼에 새기다가

쓰던 우산을 접으면
한 번쯤 고개를 들어도 괜찮았다

세밑

이맘때쯤이면 우리가 느끼는 추위가 다르고 물을 따르고 쌀알을 휘휘 젓다가 밥물을 재는 손을 보는 당신이 첫눈을 재우는 것 같아요, 샛밥처럼 건넸던 말도 다 잊을 수 있을 무렵인 것 같습니다 삼월엔 항상 내가 먼저 감기에 걸려서 맑고 깨끗한 국물을 먹고 싶다고 말하면 당신과 함께 연포탕을 끓여 나눠 먹었고, 그해 유리그릇에 담긴 식혜를 함께 후루룩 들이마시고 꾸덕한 밥알을 씹던 여름엔, 그러니까 우리에겐 이해보다 용서가 더 필요했습니다 바람이 많이 불던 서해에선 서로의 구두가 무척 닮았다는 것을 말하지 않고 괜히 부러진 나뭇가지를 주워 모래사장에 함께 온 사람의 이름과 오늘의 날짜와 하고 싶은 말을 적었습니다 오늘처럼 빈 식탁에 앉아 있으면 당신이 쌀뜨물로 끓인 누룽지를 담은 그릇을 들고 뜨거우니까 천천히, 후후 불면서 먹으라는 겨울만 반복됩니다 나는 당신의 무릎을 베고 떠오르는 해의 밝음과 저무는 해의 밝음이 다른지 물어도 보고 싶었지만 오래 본 얼굴을 더 오래 보아야 나는 아프지 않을 수 있었습니다

누나에게

기억나? 오늘처럼 창문을 활짝 열어 두고 바람이 부는
거실에
한 줄기 빛이 벽에 걸린 액자를 통과하는 오후였지
아지랑이 일렁이는 아스팔트 위에 발바닥이 타들도록
서 있었고
누나의 그림자에 나의 그림자를 거꾸로 세워 포갰지
머리가 머리를 뚫고 갈비뼈를 모두 부러뜨리고 허벅지
사이를 빠져나와
두 발의 끝을 삼키는
윤곽끼리 분명해지려는 노력은 매번 서로를 숨기는 일이
되었지
우리는 영문도 모르는 싸움 한가운데 버려진 짐승 새끼
들처럼
고개를 돌려 등을 핥다가 빈 그릇에 코를 박았어
내가 쉬는 숨을 더 가까이 들으려고
아마 누나는 알고 있었겠지 그날의 잘못과 노력을
우린 거의 십 년 터울이니까 내가 이제 좀 놀이터를 이
해할 것 같았을 때부터
누나는 내게 입버릇처럼 아들이라고 불렀지

엄마 아빠가 집에 있는 시간이 거의 없었으니까

나도 다 컸으니 그렇게 부르지 좀 말라고 했는데

만약 내가 누나의 아들이었다면

누나의 배 속에서 양수에 잠겨 있다가 그대로 죽어 버린 자식이라면

누나는 나의 망가진 얼굴만을 보았으면서도

평생 동안 나를 기억해 줄 수 있을까?

천둥 치던 밤이 무서워 안방으로 쪼르르 달려가 엄마 곁에 누웠는데

한때 너를 지울 생각도 했었다, 그 말이 떠올라서 그런 건 아니야

있잖아, 우리가 대체 무슨 사이길래

누나가 입혀 주는 옷은 왜 항상 내게 꼭 맞고

누나가 차려 주는 음식은 왜 내 입맛에 잘 맞고

누나가 가고 싶어 하는 곳을 왜 나도 따라가고 싶을까?

주방에서 엄마가 식칼을 쥐고 주저앉아 울었던 여름

나는 식탁을 주먹으로 내리쳐 가장자리에 놓여 있는 유리컵을 깨뜨렸고

누나는 이런 일이 있을 때마다 늘 그래 왔다는 듯이

방으로 들어가 문을 닫고 문을 잠그고 이불을 뒤집어
썼지
뒤집어쓴 이불엔 언제나 틈이 있기 마련이어서
우리가 들어간 어둠 속에서 울음이 작게 새어 나왔지
그때부터 기억은 새로운 주름을 만들고 있었던 거야
누나는 나보다 먼저 배웠겠지 살면서 조금씩 다르게 구
겨지는 법을
그래야만 모습을 잃지 않으며 살아갈 수 있다는 것을
있잖아, 나 누나한테 한 번도 편지를 써 본 적 없어
그만큼 누나가 내게 편지를 주는 일이 익숙하기만 했고
답장은 기다리지도 바라지도 않았다는 거
그런 내가 이제 매일 문장 속에 갇히는 꿈을 꾼다는 거
누나, 이제 나는 아무것도 무섭지 않아
그러니 잡은 손은 그만 놓아주어도 돼

충분한 안녕

잔디밭에 누워 있는데 원반 하나가 잘못 날아와 가슴팍
에 앉는다
아이들이 내가 있는 쪽으로 두 팔을 흔든다

원반을 잡는다 아이들이 나를 향해 소리친다 아이들의
원반을 돌려줄 수 있는 유일한 사람이 된다 반대로 원반을
들고 달아날 수 있는 사람이 되기도 한다 나를 본 순간부
터 아이들은 원반을 받을 준비를 하고 있다

원반은 둥글고 한가운데에 작은 구멍이 나 있다 그 구
멍으로 노을이 들어찬다 왼쪽 뺨이 조금 뜨거워지고 나는
내가 쥐고 있는 이것이 부메랑이 아니라서 얼굴이 다정해
진다

손목을 심장 가까이 구부렸다가
아이들을 향해 원반을 던진다
긴 곡선을 그리며 날아가는 원반은 빛의 모서리들을 껴
안고
아프지 않은 모양이 된다

마시고 있던 계피차는 따뜻함을 잃었다 발뒤꿈치로 짓이긴 자리가 움푹 파인다 잔디가 바람에 날아간다 민들레 홀씨를 닮았던 목소리도 이렇게 내 귓속을 떠났을 것이다

심장이 약간 빠르게 뛰고 있고

주인이 던진 공을 개가 물어 오는 장면이 강물에 번진다

수많은 저쪽이 생겨난다 떨리는 입술을 가리고 한 손에 쥐어 본다 던지면 받아 줄 수 있는 손들이다 주고받을 수 있는 공원의 오후가 아득히 흘러가고

이제 나는 인사할 수 있을 것 같다

그런 안녕의 둘레를 하고서

더 좋은 모습으로 만나겠습니다

시작이란 없다. 나는 누군가의 자식이고, 사람은 각자의 차례대로 이 세상에 태어난다. 그러고는 어딘가에 소속된다. 나는 그 굴레에서 스스로 벗어나기 위해 온갖 시도를 다 해 보았다. 하지만 그 일을 해낸 사람은 없었다. 인간이란 모두 어딘가에 더해진 존재다.*

그동안 잘 지내셨는지요. 답장 늦어 미안합니다. 보내 주신 당신을 아껴 읽다가 이렇게 용기 내어 책상 앞에 앉게 되었습니다. 미안합니다. 요즘 글 안 씁니다. 당신이 잘 지내는 것 같아 다행입니다. 그러므로 이 글은 오로지 나의 휴식을 알리는 글이 될 것 같습니다. 이제 좀 쉬엄쉬엄 지내겠다고 당신에게만 말해 두겠습니다. 자고 일어나면 이불은 언제나 나의 몸을 벗어나곤 합니다. 원탁 주변에 널브러져 있는 의자들에게 하나하나 제자리를 찾아 주지도 않습니다. 제자리라니. 그런 게 있을까요. 각자에게 스스로 들어가야 하는 감옥이 있다고 해 봅시다. 길을 걸을 때마다 밑창 대신 방향이 구겨지는 나날이었지만. 구겨질 방향조차 없는 곳을요. 유일한 창살을 만져 봅니다. 차갑습니다. 너머에 있을 풍경을 의심합니다. 믿음을 연습합니다. 먼저 탈출한 사람이 나를 꺼내 줄 거라고. 나는 그런 사람을 오래 기다리기 위해 벽을 치다가도 노트를 편 셈이지요. 많은 글을 썼다고 생각하지만 여전히 내겐 하나하나가 처음 쓰는 글 같습니다. 잠꼬대가 어느 나라의 언어도 아니듯. 나는 이 세계에서 몇 번째로 태어난 사람입니까. 미안합니다. 조금 지쳤습니다. 당신을 아름답다고 말하는 마음이 헛헛했습니다. 창가에 앉아 커피를 마시며 좋아하는 책을 읽다가 문득 쓰고 싶은 글이 있을 때 당신에게 정리되지 않은 말을 마음껏 하던 오후가 그립습니다. 나는 아직 우리가 죽어서도 만날 수 있다고 믿습니다. 죽어서까지 나를 만나 줄 사람이 몇 명 더 있었으면 좋겠습니다. 나는 타인을 사랑하고 믿으려는 맹목적 태도를 바꾸지 못했습니다. 나를 맘껏 부려먹기를. 누군가 조금이라도 더 성장하고 행복할 수 있다면. 웃을 수 있다면. 나는 불행한 삶을 살고 있는 겁니까. 당신에게 묻고 싶습니다. 나의 웃음이 당신의 웃음이고 나의 기쁨이 당신의 기쁨이라면. 나의 말이 당신의 심장을 몇 번 더 뛰게 할 수 있다면. 나, 더 살아도 되겠습니까. 이것이 우리의 희망이기를 바랍니다. 나의 글이 당신의 글이 되지 못하더라도. 내가 나를 믿지 못하는 어려운 순간이 와도. 나는 당신을 끝까지 믿겠습니다. 당신은 부디 먼 곳에서도 잘 지내고 있기를. 우리, 또 닿을 날 있을 겁니다. 그때까지만. 이만 줄입니다.

* 에밀 아자르, 김남주 옮김, 『가면의 생』(마음산책, 2007).

아직 끝나지 않은 이야기

조대한(문학평론가)

1월의 탄생석 가넷은 라틴어 그라나투스(granátus)에 어원을 둔 말로, 씨가 많은 석류의 모습에서 그 형상을 본뜬 단어이다. 그리고 이 시집의 첫 장면 역시 석류알처럼 수많은 "모래 알갱이들이 사방에 퍼져 있"(「가넷 — 탄생석」)는 한 해변가의 모습을 비추는 것으로 시작된다. 그곳에는 "몸을 동그랗게 만" 채로 돌 줍기에 심취해 있는 아이가 한 명 등장한다. 아이는 파도에 자연스레 마모되었을 동그랗고 부드러운 돌멩이들 대신 날카롭게 "깨진 돌 하나"를 줍는다. 아이는 소중한 보물이라도 발견한 것처럼 그 깨어진 돌을 아빠에게 건네지만, 아빠는 돌의 모양을 타박하며 아이의 손을 내친다. 홀로 남은 아이는 수많은 돌들이 가라앉아 있는 해변을 쉽사리 떠나지 못하고, "자꾸만 뒤를 돌아본다".

널따란 해안가에서 아이가 주워 들었던 그 한 조각의 돌멩이처럼, 낱낱이 흩어진 여러 시편들에서 어떤 이야기를 시작하는 것은 눈에 띈 이미지 몇몇을 길어 올려 하나의 묶음으로 만드는 일에 불과할 것이다. 그러니 아무리 텍스트에 기댄다 한들, 그것은 순간의 호흡을 흐트러트리고 고유한 시적 배열의 순간으로부터 우리를 멀어지게 만든다. 하나의 가능성을 이야기하는 것은 동시에 수많은 것들을 이야기하지 않는 것이기도 하여서, 발화되어 버린 "이야기는 수많은 등장인물을 없애고"(「유리온실」) 아직 발현되지 못한 잠재적 풍경들을 그 속에 가둔다. 하지만 아이가 무언가를 집어 들지 않았다면 이 시집의 첫 장면 또한 펼쳐지지 못했을 것이기에, 그 반가운 마주침과 우연한 아름다움에 기대어 일단 첫마디를 건네 보기로 하자. 다음은 이기리 시인의 첫 시집 『그 웃음을 나도 좋아해』에서 건져 올린 몇몇의 이야기들이다.

*

처음은 "수많은 가시에 찔리는 한 사람의 이야기"(「너는 꼭 가지 않아도 돼요」)이다. 그 이야기 속엔 주로 유년 혹은 소년 시절의 '나'가 등장한다. 시편마다 조금씩 차이가 있긴 하나 그곳은 번번이 나를 괴롭히는 아이들의 소리가 가득한 세계로 그려지고, 그 괴롭힘의 구체적인 무대가 되는 곳은 대부분 학교인 듯하다. 표제작인 「그 웃음을 나도 좋아해」라는 시편은 "마침내 친구 뒤통수를 샤프로 찍었다"는 끔찍한 문장 하나로 시작된다. '마침내'라는 부사가 뒤이은 잔혹한 서술과 어울리는 이유는 나에게 가해진 주변 친구들의 괴롭힘이 그만큼 깊게 누적되었기 때문이다. 나에게 또래 친구들이란 잠들어 있는 가슴팍에 뜨거운 우유를 붓거나, 커터 칼로 손가락을 자르겠다며 나를 위협하는 존재들이다. 그 시절을 회상하는 나의 눈에 보이는 것은 "내 불알을 잡고 흔들며 웃는 아이들의 모습"이다. 시집의 제목처럼 나는 정말로 그 아이들의 웃음을 좋아할 수 있게 된 것일까. 그들과 달리 나의 웃음을 엿볼 수 있는 장면은 거의 등장하지 않지만, 내 표정이 언뜻 드러나는 유일한 대목은 "구름을 보면/ 비를 맞는 표정을 지었다"라고 말하는 시의 마지막 구절인 듯하다. 하지만 그마저도 이 끔찍했던 시절이 지나가는 것에 대한 혹은 "정말 끝날 것 같은 여름"에 대한 안도감처럼 느껴질 뿐이고, 오히려 구름의 슬픔을 미리 예감한 그 표정 속엔 어딘지 비와 울음이 뒤섞여 있는 것만 같다.

「구겨진 교실」이라는 작품에서도 유사한 시적 풍경이 펼쳐진다. 해당 시편 속의 '나'는 중학생이 되어서도 "플라스틱 냄비와 플라스틱 수저", "플라스틱 칼과 플라스틱 도마"를 버리지 않는 이로 그려진다. 하지만 정글에 가까워 보이는 학교는 그 소박하고 안전한 기쁨을 허락하지 않는 것 같다. 특이한 이름을 가졌다고 선생님이 자기소개를 조금 더 길게 시켰던 덧인지, 힘이 약해 보이는 짝꿍의 의자를 대신 올려 주다 아이들의 야유를 받았기 때문인지 나는 주변 친구들에게 만만한 피식자로 낙인이 찍혔고, "또래보다 작고 마른 나의 몸을 호시탐탐 노리"던 한 친구는 어느 날 "손을 포클레인처럼 구부"려 "사타구니 쪽에 팔을 쑥 집어넣고 나를 들어올렸다". 그때 나는 친구들의 비웃음과 "보이지 않는 입꼬리들이 나를 천장까지 잡아당기는 기분"을 느껴야만 했다. 아무리 그어도 칼자국이 생기지 않는 플라스틱 칼처럼, 나는 이전까지의 세계가 무력해지는 순간이 되어서야 "비로소 중학교에 입학했"음을 실감하게 된다.

물론 이 이야기의 등장인물들이 내게 늘 적대적인 모습만 보이는 것은 아니다. 「코러스」라는 작품에선 점심시간이 되면 나처럼 빈 교실에서 도시락을 먹고, 매일같이 도서관에 앉아 있는 '너'의 모습이 그려진다. 언제나 앞서 걸려 있던 나의 외투 위에, 너는 자신의 외투를 겹쳐 걸어 두곤 했다. "나의 외투를 뒤에서 끌어안고 있는 너의 외투"가 좋아 나는 점심시간 내내 교실을 떠나지 못한다. 또 「정물화를 그리는 동안」의 '너'는 "미술 시간만 되면 항상 내 뒷자리에 앉는다". 데생을 하는 동안 너는 내 등에 손가락으로 이름을 적고, 나는 네가 적은 이름을 조그맣게 속삭이곤 했다. 친구들의 이유 모를 폭력과 비웃음에 무방비하게 노출되었던 것처럼, 손가락 그림을 그릴 때마다 "작게 웃는 너"의 마음이 무엇을 의미하는지 아직 나는 정확히 모르는 듯싶다. 너의 웃음이 "무엇이었는지 알 수 있을" 때까지, 언젠가 "네가 듣고 싶은 말을 내가 할 수 있을 때까지" 그 이야기 속의 장면은 오래도록 반복될 것만 같다.

내가 웃음의 의미를 알아차리지 못했던 건 그런 시차적인 이유 때문이기도 하지만, 그 시절 강요되었던 전형화된 정체성에 스스로를 쉽게 일치시킬 수 없었기 때문이기도 하다. 「싱크로율」에서 드러나는 것처럼, 나는 "서 있는 다리 사이에 머리를 집어넣"으며 말뚝박기를 하던 남자아이들과 달리 공기놀이를 더 좋아하는 아이였다. 나는 종종 "브래지어를 옷 속에 숨기고 화장실로 가져"와 그것을 몰래 입어보았다. "끈 조절은 할 줄 몰라" 허리에 속옷을 걸치고 있는 나의 "평평한 가슴"이 거울에 비칠 때면 어째서인지 "두 손을 포개"어 그 모습을 가리곤 했다. 나는 그저 "손을 잡고 싶었을 뿐인데" 그때마다 "우린 같은 성별"이라는 대답과 너의 "예고된 절교"를 받아들여야 했고, 비를 예감하듯 슬픈 표정이 드러날 것 같은 순간이면 나는 그 감정을 애써 숨겨야 했다. "숨겨야 할 표정이 생길 때마다" 내 속에 있는 "다른 얼굴들과 마구잡이로 뒤섞인" 불안정한 나를 마주해야만 했다. 그렇게 이리저리 구겨진 과거와 대면할 때면 나는 "등에 거대한 나방이 앉"(「명당을 찾아라」)아 있는 듯한 죄책감을 떨칠 수 없었고, 같은 장면 속에 있는 너와 내가 실은 완전히 다른 축을 지닌 존재들이었다는 점을 새삼 깨닫게 된다.

일전에 20년 이상의 시차를 두고 있는 모파상과 프루스트의 텍스트를 가지고 그런 이야기를 쓴 적이 있다. 불완전했던 모파상의 문장이 훗날 도착한 프루스트의 문장을 거치며 다시 읽히게 된다는 피에르 바야르의 논리에 기대어, '사랑해도 혼나지 않는 꿈'만을 꾸던 한 시인의 작품을 '달라진 우리의 시대'의 작품을 통해 다시 읽어 보려는 시차적 독해의 시도였던 것 같다.* 그리고 이는 한 시인의 텍스트 사이에서만 가능한 것이 아니라, 서로 다른 시차를 두고 나타난 두 시인의 텍스트 사이에서도 얼마든지 발생할 수 있다. 가령 이런 작품들이다.**

예배가 끝나면 친구들과 모여 성경 구절을 나누었다

그날은 한 구절도 준비하지 못해 모임에서 한마디도 하지 않았다
그런 내게 이름도 모르는 친구가 사탕을 주며 웃어 주었다

서로 사랑하라는 말을 한목소리로 읽던 날이었다

* 조대한, 「아직 오지 않은 사랑의 되풀이」, 황인찬, 『사랑을 위한 되풀이』 (창비, 2019) 작품 해설, 171쪽.
** "여름/ 성경학교에/ 갔다가// 봄에/ 돌아왔다"(황인찬, 「개종5」, 『구관조 씻기기』, 민음사, 96쪽.)

두 바퀴로 달리는 공원이 초록빛으로 가득했고
친구 뒤를 따라 페달을 밟으면
우린 어느새 원을 그리고 있었다

새 신발을 신고 뜨거운 태양 아래에서 손차양을 하며
초대받은 친구 집으로 가는 길에 피어오르는 아지랑이가
풍경을 어지럽혔다

현관문을 열자
옆방에서 어떤 남자아이가 나와
내 입을 틀어막고 나를 소파에 강제로 눕혔다

분명 아무도 없다고 했는데

바지가 반쯤 벗겨졌을 때
친구가 다른 방에서 나왔다
구김이 많은 잿빛 티셔츠를 입고 있었다

집으로 거의 다 돌아와서 본 한쪽 신발 뒤꿈치가 꺾여 있
었다
산책이나 하다 들어가야 한다고 생각했다
                              ——「여름 성경 학교」

위 시편에는 여름 성경 학교에 참석한 '나'의 모습이 그려진다. 성경 구절을 준비하지 못해 모임이 끝나가는 동안 말을 한마디도 꺼내지 않은 나에게 "사탕을 주며 웃어 주"는 한 친구가 있었다. 달콤하고 다정한 그 웃음에 이끌린 나는 "이름도 모르는 친구"의 초대에 응했고, 이내 그의 집을 방문한다. 한데 현관에 들어서자마자 나타난 어떤 남자아이가 "내 입을 틀어막고 나를 소파에 강제로 눕"힌 채 나의 바지를 벗기려 한다. "바지가 반쯤 벗겨졌을 때" 즈음 다른 방에서 나온 친구는 "구김이 많은 잿빛 티셔츠를 입고 있었다". 이 장면은 여러 의미로 독해가 가능하겠지만 연이어 배치된 「두 개의 얼굴」 속 다정히 '뽀뽀를 하는 엄마'와 악어처럼 내 '입술에 혀를 집어넣는 엄마'의 두 모습과 겹쳐 읽어 본다면, 아무도 없다던 집에서 갑자기 나타나 내 옷을 벗기던 남자아이는 달콤한 사탕을 건네던 친구의 또 다른 얼굴로 읽히기도 한다. 웃음과 폭력이 한데 겹쳐진 이 양가적인 장면은 "서로 사랑하라는 말을 한목소리로 읽던 날"의 모습이다.

2010년에 첫 발표를 시작한 시인과 2020년에 처음으로 자신의 목소리를 전하는 한 시인의 작품을 겹쳐 보려는 건 수상자의 계보를 잇겠다거나 상호 간의 영향 관계를 탐색하려는 것이 아니라, 언급된 이기리 시인의 「여름 성경 학교」가 황인찬 시인의 '여름 성경학교에 갔다가 봄에 돌아왔다'는 술어들 사이에 놓인 잠재적인 이야기 하나를 끌어올려 주는 듯하기 때문이다. 일종의 프리퀄처럼 보이기도 하는 위 시편은 여백으로 남아 있던 과거의 문장들과 기이하게 상응하며, 아직 다 완료되지 않았던 그 시절의 사랑의 풍경 하나를 건져 올린다. 그 시차적 상응은 다분히 퀴어하게 읽히는 과거의 장면들뿐만 아니라, "계절이란 말보다" "계절감이란 말"*을 더욱 선호하는 두 시인의 독특한 거리감 때문에 발생하는 것이기도 하다. 이야기를 서술하는 발화자의 감정은 유독 절제되어 있고, 폭력이든 호감이든 그 장면에 등장하는 나는 1인칭과 3인칭이 뒤섞인 시선으로 사건을 술회한다. 본인의 영정사진을 바라보고 있는 시선이나(「강물에 남은 발자국마저 떠내려가고」), 재생되는 과거의 오후를 관조하고 있는 모습(「떠올릴 만한 시절」), 자신의 감은 눈 속을 관찰하듯 헤매는 장면(「자각몽」) 등은 이 시집에서 누차 느껴지는 묘한 거리감을 더욱 두텁게 만든다.

유일한 생전 저서인 『논고(Tractatus Logico-Philosophicus)』에서 비트겐슈타인은 말할 수 없는 것에 대해서는 침묵해야 한다는 유명한 마지막 문장을 남겼다. 여러 방식으로 차용되는 그의 말은 언어적 재현의 절망만을 뜻하는 것은 아닐 것이다. 같은 책에 기술된 논리적 명제와 함께 읽으면, 그 문장은 말할 수 없는 것은 보여져야 한다는 취지에 가까웠던 것 같다. 이를 바꿔 말해 본다면 어떤 순간의 이

* 황인찬, 「유체」, 앞의 책, 23쪽.

야기는 당시 '나'의 시선으로는 온전히 말해질 수 없는 것이기에, 사후에 도착한 '나'의 개입으로만 간신히 재현될 수 있다는 의미이기도 할 것이다. 그때의 상처들, 불완전한 감정들, 당시에는 도저히 이유를 알 수 없었던 누군가의 웃음들은 '나'와 '나' 사이의 묘한 시차적 거리감 속에서만 재생될 수 있다. 잃어버린 시간을 찾아 나선 프루스트의 소설이 형식적인 이유에서뿐만 아니라 당위적인 측면에서도 주인공인 '나'와 작가인 '나'의 시점을 이리저리 넘나들어야 했던 것처럼, 맹점으로 남아 있는 그 시절을 재현하기 위해서는 나에게도 어떤 겹눈의 시선이 필요했던 것 같다. 그것은 "두 눈으로 자신의 심장을 볼 수 없"(시인의 말)는 존재들, 스스로를 관찰하는 '나'와 타인의 시선이 뒤섞인 대상으로서의 '나'를 분리할 수 없는 존재들의 태생적인 한계이기도 할 것이다. 그러니 이 이야기 속에서 느껴지는 거리감은 주체의 무기력함이라기보다는, 말할 수 없음에도 "말할 수밖에 없는 것들"과 "말하며 다시 데려오고 싶은 순간들"(「꽃과 생명」)을 어떻게든 마주하려는 이의, 그 "장면을 영원히 간직하거나/ 지워 버릴 수도 있지만/ 다시 눈을 뜨고 끝까지 다 보기로"(「일시 정지」) 결심한 이의 용기에 가깝지 않을까.

두 번째 이야기는 등 뒤에 놓여 있던 타인의 그림자가 모두 사라진 듯한 세계의 이야기이다. 그것이 이유 없는 악의의 비웃음이든지 알 수 없는 호의의 미소든지 간에, 나를 흔들던 친구들의 웃음소리가 소거된 그곳은 일종의 아포칼립스적인 풍경으로 다가오기도 한다. 그 적막한 세계 속에 남겨진 주인공은 인류의 마지막 생존자처럼 홀로 거리를 걷는다. 「러브 게임」이라는 시편을 보면 인적 없는 테니스장 주변을 맴돌고 있는 '나'가 등장한다. 내가 걷는 "으깨진 거리"는 재난이 시작된 '그라운드 제로'의 현장 같기도 하고, 오랜 시간의 마모 끝에 닳고 닳아 버린 세계의 끄트머리인 듯싶기도 하다. 아무도 사용하지 않는 "네트의 그물망은 절반쯤 찢어"져 있고, "오래전부터 누구도 꺼내 주지 않아 구정물을 머금고 가라앉은" 테니스공은 쓸쓸히 "배수구에 처박혀 있다". 나는 이야기의 유일한 등장인물인 것 같기는 하나, 부서진 거리의 풍경을 그저 맴돌기만 할 뿐 세계에 별다른 변화를 불러일으키지는 않는다. 밤이 찾아오면 나와는 무관하게 "야간 조명이 하나둘씩 켜"지고, 코트의 녹슨 철조망 안으로 들어가지 못하는 나는 이 세계 속에 홀로 격리되어 있는 것만 같다.

「유리온실」이라는 작품에서도, '나' 혼자 외따로 남겨진 듯한 투명한 유리벽의 세계가 펼쳐진다. 그곳의 풍경은 여전히 다소 비현실적이다. 진공 세계 안에 존재하는 나무들은 일말의 미동도 하지 않고, "나뭇가지들은 깨진 하늘에 생긴 실금처럼" 가늘게 손을 뻗어 배경의 일부가 되어 있다. 그곳에서 유일하게 움직임을 느낀 "나비 한 마리"조차 내가 다가가면 흰 가루로 화해 흩날리듯 사라져 버린다. 등장인물들의 역할이 모두 종료되어 그들의 레이어만을 따로 들어낸 듯한 그 세계는 마치 "다시 재생되기를 기다리고 있는" "정지된 화면처럼" 느껴지기도 한다. 그 속에서 내가 할 수 있는 일이란, 그저 배경처럼 존재하는 식물들의 가지를 꺾거나 이 이야기의 끝을 상상해 보는 따위의 일뿐이다. 뒤를 돌아본 내가 누군가의 모습을 발견해서 그를 향해 다가가려고 하면 단절된 세계에 가로막힌 나는 "어떤 벽에 부딪혀 넘어"지게 되고, 꺾인 식물들은 뒤로 감기 버튼을 누른 양 "처음부터 다시 자라기 시작"한다.

이처럼 존재의 작동 범위가 정해진 가상적인 세계의 모습은 이 시집에서 종종 발견되는 풍경이다. 좌표평면에서 태어난 염소는 원점을 기준으로 한 자신의 목초지를 벗어나지 못하고(「염소가 사는 좌표평면의 세계」), 시간이 정지된 꽃들이 화분과 꽃병에서 자라며(「우리 집에는 식물이 없다」, 「재회」), 세상과 격리된 관람차 속의 관찰자는 둥근 축의 시선을 그려 낸다(「저녁의 대관람차」). 이 같은 이야기의 세계는 시인이 부러 만들어 낸 모종의 진공 실험실처럼 느껴지기도 한다. 타인의 웃음으로 이리저리 흔들리던 그 시절의 나를 객관적인 눈으로 바라보는 것이 실로 불가능하다면, 과거의 나를 바라보는 시선이 늘 타인의 시선으로 오염되어 있을 수밖에 없다면, 그 존재들이 소거된 멸균의 세계 속에서는 어쩌면 온전한 나의 모습을 발견할 수도 있지 않을까?

빈방은 파동
닫으면
더 정확한 울음을 들을 수 있다

천장을 바라본다
어디선가 변기 물을 내리고 그릇을 깨고 벽을 친다

물을 머금고 웅얼거리는 듯한 대화가 거뭇한 방을 맴돌고
이따금 고함과 비명이 두 귀를 잡아당긴다

위에서 들리는 건지 아래에서 들리는 건지 헷갈려서
문고리를 돌리다 말고 바닥에 주저앉는다

녹슨 경첩을 보고 있으면
저녁이 창문을 찢고 들어온다

　　　　　　　　　　　　　　　　　　—「번안곡」에서

타인의 모습이 사라진 세계의 풍경은 위 시편에서도 계속된다. 작품 속 화자는 부러 문을 닫은 채 아무도 없는 "빈방"에 들어가 있는 듯하다. 불명료한 누군가의 목소리는 "웅얼거리는 듯한 대화"로 방 안을 맴돌 뿐이고, 이따금 들려오는 "고함과 비명" 소리 또한 그 의미를 알 수 없긴 매한가지이다. 얇은 벽, 바닥, 천장을 마주하고 있으나 직접 접촉할 수 없이 단절되어 있는 격자 구조의 아파트처럼, 이곳의 존재들은 서로의 위치조차 정확히 가늠하지 못하는 세계에서 가까운 듯 멀리 떨어져 살아가는 것 같다. 하지만 그렇게 강제적으로 분할된 각자의 진공 세계 속에서 더욱 크게 들려오는 것은 누군가의 "더 정확한 울음"이다. 타인과의 대화가 단절된 자신만의 고요한 세계 안으로 파고들면 들수록, "어디선가 변기 물을 내리고 그릇을 깨고 벽을" 치는 소리는 더욱 크게 머리를 울려 오는 듯하다. 너와 나의 세계를 가로지르는 이 얇은 온실의 벽은 서로의 접촉과 언어를 가로막기도 하지만, 동시에 서로의 세계를 울리는 진동의 매질이 되어 저 너머에 있는 존재의 체적을 선명히 드러내는 듯싶기도 하다. 몸체가 사라졌기에 더욱 진하게 남아 있는 체셔 고양이의 웃음처럼, 실체가 사라진 너의 잔향은 도리어 더 둔중하게 내 몸을 울린다.

앞서 언급된 비트겐슈타인의 주장에 따른다면, 얇은 유리막으로 분할된 너와 나의 온실은 별개의 문법과 언어를 사용하는 상호 몰이해의 영역에 놓여 있을 것이다. 하지만 명료해 보이는 그 논리적 구획은 뒤늦게 도착한 그의 후기 작업을 통해 조금 더 보충되어야 한다. 그의 죽음 이후에야 출간된 『탐구(Philosophische Untersuchungen)』라는 저서를 읽으며, 고진은 나와 타인과의 대화는 애초부터 언어의 공통 지반이 없는 상황에서 행해지는 것이라고 이야기한다. 별개의 게임처럼 다른 규칙과 룰을 지니고 있음에도 불구하고, 우리는 서로 다른 문법의 언어를 번안하듯 받아들이고 그 어둠을 뛰어넘는 비약 속에서 불가능한 의미의 교환을 이루어 낸다는 것이다.* 그의 말을 빌린다면 실제로는 아무것도 주고받지 못할 우리들 사이의 관계는 각자의 유리벽에 남긴 희미한 입김으로만, "벽돌과 벽돌 사이에"서 "서로 부딪치면서 내는 투명한 소리"와 "누구 것인지 알지 못"하는 잠깐의 "흔들림"(「더 따뜻한 차를」)으로만 환영과도 같은 실체를 쌓아 나가는 것인지도 모르겠다. 소중한 존재를 모두 다 태워 버린 후에야 그 되돌릴 수 없는 잔해를 떠나지 못하는 아이들의 모습처럼(「사랑」), 누군가를 공들여 소거하려 했던 그곳에서 우리는 역설적으로 벗어날 수 없는 타인의 흔적을 실감하게 된다. 어쩌면 처음부터 시인은 "아무도 없는 테니스장"에서 "누가 있기라도 한 것처럼"(「러브 게임」) 주고받는 그 텅 빈 랠리를 사랑이라는 이름으로 바꿔 부르고 있었던 것이 아닐까.

* 가라타니 고진, 송태욱 옮김, 『탐구 1』(새물결, 1998), 49~50쪽.

*

　그리고 마지막은 그 시절을 함께 보냈던 당신에게 전하는 시인의 늦된 편지입니다. 그 편지 속의 '나'는 해변 위의 조약돌을 뒤적이듯 "당신의 기억을 함부로 헤집"어 "원래대로 돌려놓지 않는 사람"이기도 하고, 그 돌 하나하나에 붙인 "당신의 이름을 남들에게 함부로 말하는 사람"(「빛」)이기도 합니다. 가령 「누나에게」라는 시편에서 나는 한 시절을 함께 버텨 냈던 누나에게 한 번도 써 본 적 없는 편지를 조심스레 부칩니다. "주방에서 엄마가 식칼을 쥐고 주저앉아 울었던 여름", 온 가족이 둘러앉던 식탁이 유리처럼 깨어지던 그 여름에 당신과 내가 할 수 있는 일이라곤 "영문도 모르는 싸움 한가운데 버려진 짐승 새끼들처럼" 서로의 "고개를 돌려 등을 핥"아 주는 일뿐이었던 것 같습니다. 하지만 한번 잔금이 생겨난 마음은 "구겨진 자리"처럼 손쉽게 "원래 모습으로 돌아오지 않"(「오로라」)아서, 서로의 모난 상처를 핥아 주려 할수록 우리는 서로에게 자꾸 더 베이고 말았던 듯싶습니다. 그토록 아팠던 여름, "그러니까 우리에겐 이해보다 용서가 더 필요했습니다"(「세밀」).

　파랗도록 잔인했던 여름이 지나가고 어느덧 투명한 겨울입니다. 해가 교차되는 요즈음 "오늘처럼 빈 식탁에 앉아 있으면 당신이 쌀뜨물로 끓인 누룽지를 담은 그릇을 들고 뜨거우니까 천천히, 후후 불면서 먹으라는 겨울"(「세밀」)만

자꾸 생각납니다. 시간을 멈추고 싶을 정도로 "간직하고 싶은 풍경"들 속엔 어째서 "잘 구운 토스트"(「우리 집에는 식물이 없다」)나, "꾸덕한 밥알"이 씹히던 "식혜"(「세밑」), 당신이 좋아하던 "동글동글한 도나쓰"와 따뜻한 떡국에 얹어 먹을 "알타리무와 깍두기, 배추김치와 열무김치, 묵은지와 파김치"(「식기 전에」) 같은 것들이 함께 떠오르는 걸까요. 서로의 입김이 닿지 않는 투명한 온실 속에 제각기 격리되어 있는 우리지만, 같은 자리에서 함께 음식을 먹을 때면 "서로의 입속으로 얼음을 넣"(「더 많은 것을 약속해 주는」)어 주듯 당신과 나의 온기가 잠시나마 뒤섞이고 있다는 묘한 착각을 하게 되는지도 모르겠습니다. 그렇게 바짝 붙어 수저를 부딪치는 소리, 음식을 씹는 소리, 후루룩 국물을 마시는 소리들로 서로의 진동을 느끼다 보면 우리가 "이 정도의 호흡, 이 정도의 박자로/ 연결되어 있구나"(「괜찮습니다」) 하는 생각에 안도감이 들고, 가까울수록 상처를 입히는 차갑고 모난 우리들의 마음도 각자의 체온으로 서로를 녹이며 조금씩 둥글어지는 듯싶기도 합니다.

나비가 어깨에 앉았다고 했다 괜찮다고 했다 쉬고 갈 수 있다면 좁은 어깨라도 빌려줄 수 있으니까 따뜻하다고 했다 그런 말은 심장을 더 세게 움켜쥐었다 물기 가득한 유리잔을 들고 흔들면 아직 다 녹지 않은 얼음끼리 부딪혔다 건너편에선 정원사들이 사다리를 타고 올라가 소나무를 가지치기하고 있었다 가지들이 땅에 힘없이 떨어질 때 자전거를 탄 아이들이 연달아 벨을 울리며 앞에 걸어가고 있던 연인 사이를 지나갔다 아직 있냐고 물으니 아직 있다고 했다 어떻게 생겼냐고 물었다 그냥 희다고 했다 오래 기다려 온 대답은 아니었다 날아서 등으로 갔다고 했다 그래서 어떻게 붙어 있는지 볼 수 없다고 했다 그건 둘 다 마찬가지니 상관없다고 했다 몸을 돌리면 날아갈 테니 뒤로 오라고 했는데 다가가는 것 또한 날아가게 할 거라고 했다 어쩔 수 없겠네요 가만히 앉아 너머의 풍경을 마저 구경해요

—「재회」에서

나는 아직 우리가 죽어서도 만날 수 있다고 믿습니다. 죽어서까지 나를 만나 줄 사람이 몇 명 더 있었으면 좋겠습니다. 나는 타인을 사랑하고 믿으려는 맹목적 태도를 바꾸지 못했습니다. 나를 맘껏 부려먹기를. 누군가 조금이라도 더 성장하고 행복할 수 있다면. 웃을 수 있다면. 나는 불행한 삶을 살고 있는 겁니까. 당신에게 묻고 싶습니다. 나의 웃음이 당신의 웃음이고 나의 기쁨이 당신의 기쁨이라면. 나의 말이 당신의 심장을 몇 번 더 뛰게 할 수 있다면. 나, 더 살아도 되겠습니까. 이것이 우리의 희망이기를 바랍니다. 나의 글이 당신의 글이되지 못하더라도. 내가 나를 믿지 못하는 어려운 순간이 와도. 나는 당신을 끝까지 믿겠습니다. 당신은 부디 먼 곳에서도 잘 지내고 있기를. 우리, 또 닿을 날 있을 겁니다. 그때까지만.

이만 줄입니다.

──「더 좋은 모습으로 만나겠습니다」에서

등 뒤를 따라다니던 어두운 나방처럼 혹은 유리온실 같은 세계에서 흰 가루를 뿌리며 흩어지던 나비처럼, 나는 어제의 당신을 마주할 때마다 내 시선이 닿지 않는 곳에 내려앉은 어떤 존재를 느끼게 되는 듯합니다. 어깨에 살포시 앉아 있었던 "작고 여린 그것이 나방이었는지 술에 취한 천사였는지"(「방생」) 나는 알 수가 없습니다. 그 존재가 어떤 표정을 짓고 있는지 "어떻게 붙어 있는지 볼 수 없"는 것처럼, 당신 역시 등 뒤에 남아 있던 나의 시선을 끝내 알아차릴 수 없으실 테지요. 그것은 스스로의 심장을 직접 대면하지 못하는 우리의 태생적 사각인 듯싶습니다. "무릎이 등에 닿을 수 없"고 "눈물을 발바닥으로 흘릴 수 없"(시인의 말)는 우리의 몸처럼, 그것은 이 세계에서 허락된 작동 범위를 벗어나는 일이고 그렇게 주어진 좌표의 축을 벗어나려고 하면 우리는 어쩔 수 없이 망가지거나 뒤틀리고 마는 존재들인 것 같습니다.

하지만 보이지 않는 당신에게 어깨를 내어 줄 때마다 생겨나는 따스함 또한 제가 어찌할 수 없는 일인 듯합니다. 정체 모를 당신의 온기는 내 "심장을 더 세게 움켜쥐"고 불수의한 영혼의 박동을 조금 더 빨리 뛰게 만들곤 합니다. 혼자서는 "녹지 않은 얼음" 같은 마음을 서로의 호흡과 입김으로만 녹일 수 있다는 것은, 나의 말과 울림이 당신을 따스하게 만들 수 있다는 말이기도 할 것입니다. "나의 말이 당신의 심장을 몇 번 더 뛰게 할 수 있다면", 우리의 모난 마음을 조금이라도 둥글게 만들 수 있다면, 나는 당신에게 닿지 않을 이 안부를 몇 번이고 다시 전할 수 있을 것 같습니다.

파울 클레는 기이한 표정을 짓고 있는 어떤 천사의 그림을 그린 적 있습니다. 벤야민은 그 날개 달린 존재가 과거의 잔해들을 헤집고 있는 것이라고 말했습니다. 눈처럼 쌓인 지난날의 조각들을 붙들고 있는 그 천사의 모습처럼, 나와 당신은 각자의 해변에서 지나간 기억을 헤집으며 잠시 입김이 닿았던 우리의 이야기를 건져 올리고 있는 것인지도 모르겠습니다. 서로의 "입술 자국이 묻은 문장은 금세 재가 되어 가라앉"(「퀼른」)고 말겠지만, 그 "모양도 크기도 제각각인 돌들"(「싱크로율」)은 미처 다 전하지 못한 누군가의 목소리와 끝내 마주해야만 하는 그때의 상처를, "배신자의 칼날에서 천사의 심장으로"(「계절감」) 화할 당신과 나의 사연을, "아직이라는 부사를 자주 쓰는 사람들의 이야기"(「퀼른」)를 우리에게 들려줄 것입니다. 그 '아직'은 미처 다 헤아리지 못한 그 시절의 기억과 여전히 불리지 않은 당신의 이름에 덧붙는 나의 서투른 췌언일 듯싶습니다.

그러니 이 이야기는 아직 끝나지 않았습니다. 이 계절이 채 끝나기 전에 우리가 금방 다시 또 만날 수 있다면 좋겠습니다. 미처 "못다 한 이야기는 주전부리를 먹으면서 해야 하니까요"(「식기 전에」). 달콤한 서로의 입김을 나누며 얼어붙은 마음을 모두 다 녹이게 되었을 때, 서로의 "모서리들을 껴안"아도 "아프지 않은" "그런 안녕의 둘레를"(「충분한 안녕」) 지니게 될 때, 알 수 없던 그 시절 당신의 웃음을 이제는 환하게 좋아한다고 말할 수 있을 때, 비로소 나도 티 없이 맑은 미소로 당신에게 마지막 인사를 건넬 수 있을 것 같습니다. 그때까지 성급한 작별의 말은 아껴두도록 하겠습니다. 멀리서 가까이서 "우리, 또 닿을 날 있"기를 바랍니다.

지은이 이기리

1994년 서울에서 태어났다.
추계예술대학교 문예창작과를 졸업했으며
시집『그 웃음을 나도 좋아해』로 제39회 김수영 문학상을 수상했다.

그 웃음을 나도 좋아해

1판 1쇄 펴냄 2020년 12월 18일
1판 6쇄 펴냄 2024년 3월 15일

지은이 이기리
발행인 박근섭, 박상준
펴낸곳 ㈜민음사

출판등록 1966. 5.19. (제16-490호)
서울특별시 강남구 도산대로1길 62(신사동)
강남출판문화센터 5층 (06027)
대표전화 02-515-2000 / 팩시밀리 02-515-2007
www.minumsa.com

ⓒ 이기리, 2020. Printed in Seoul, Korea

ISBN 978-89-374-0899-1 04810
      978-89-374-0802-1 (세트)

• 잘못 만들어진 책은 구입처에서 교환해 드립니다.

민음의 시

민음의 시
목록